La Promenade

LA PETITE

HÉLOÏSE,

ou

LETTRES A MADAME DE ***,

SUR

DEUX AMANS DE L'ILE DE CRETE;

Par Jean-Justin-Aristippe DEMONVEL.

Ne insultes miseris.
PHÈD. liv. 1, fab. 9.
Non ignara mali, miseris succurrere
disco.
ENÉÏD. liv. 1.

PARIS,

Chez MAUGERET, Imprimeur-Libraire, rue du Faubourg-Saint-Martin, n°. 38;
Et DELAUNAY, Libraire, Palais Royal.

M. DCCC XIV.

Toutes les formalités voulues par la loi, ayant été remplies, nous avertissons que tous contre-facteurs ou débiteurs d'édition contrefaite, seront sévèrement poursuivis.

IMPRIMERIE DE MAUGERET.

AVERTISSEMENT.

———

Nous sommes si corrompus que nous ne pouvons recevoir des leçons de sagesse ou d'humanité, si ceux qui nous les donnent n'ont eu soin de faire comme le Protée de la fable. Voilà d'où vient que les ouvrages de l'archevêque de Cambrai seront toujours des plus estimés, quoique souvent ils nous peignent les diverses passions sous des couleurs un peu trop vives. Ceux qui veulent aujourd'hui nous donner des leçons (1), que noûs

———

(1) Il ne faut pas s'étonner si nous parlons ici de leçons.... C'est le devoir d'un homme qui se dévoue au bien public. Si l'on doit ne nous donner que des *rapsodies*, des ouvrages du moment ou du jour, nous ne devons pas desirer qu'on écrive, ou plutôt

puissions goûter sans peine, doivent orner leurs discours de tous
les charmes de l'éloquence, joint
à l'heureux choix d'un bon sujet. Voilà pourquoi nous osons
donner ces Lettres au public; pensant qu'il y trouvera quelques-
unes de ces choses réunies.

Cependant nous sommes loin de
croire cet ouvrage parfait : nous
doutons s'il en existe quelques-uns
qui le soient véritablement. Si ceux
que nos plus grands maîtres ont
touchés et retouchés tant de fois
laissent encore quelque chose à desirer, comment celui-ci pourrait-
il être sans défauts? d'autant plus

---

que l'être, chez qui l'envie d'écrire n'est
que caprice ou passion, n'en montre rien
au jour; et ne fasse un sujet de scandale
de la profession la plus belle, la plus noble,
et peut-être la plus utile.

que l'auteur est très-jeune, et qu'un temps considérable s'est passé depuis qu'il écrivit ces lettres. Il réclame donc pour elles l'indulgence du public; il ne les lui donne qu'en tremblant, et moins par un motif de vaine gloire que pour savoir s'il mérite d'être encouragé, et s'il peut espérer de se rendre un jour utile à son pays (1).

---

(1) Je crois que ces Lettres sont susceptibles, non seulement d'être revues avec soin, mais encore de plusieurs notes. Elles pourraient d'autant plus paraître utiles au lecteur, que la plupart serviraient de preuves à tout ce qu'avance le pèce de C... Mais je pense ne devoir toucher ces Lettres et donner ces notes, qu'après m'être assuré si cet ouvrage plaira. Que le public prenne donc la peine de le lire et qu'il juge.

LETTRE A MADAME DE ***,

POUR SERVIR DE PRÉFACE

A CET OUVRAGE.

Il faut donc, Madame, faire toujours votre volonté ; vainement je
fais tous les efforts possibles pour
m'empêcher de suivre vos conseils ;
l'empire que vous avez su prendre sur moi, fait que je ne puis
en rien vous résister, toutes mes
raisons sont devenues inutiles ; vous
persistez sans cesse et trouvez de
nouvelles preuves pour me faire
sentir l'obligation où je suis de
donner au public les Lettres que je
vous écrivis sur *deux Amans de l'île
de Crète ou Candie.*

Mais, Madame, réfléchissez-y

voulez que je me fasse auteur?...
Quoi donc! parce qu'on aura écrit,
à son amie une lettre passable,
pensez-vous que l'on puisse se croire
en droit de faire un livre?... Eh! si
l'on ne doit rien donner au public,
pourquoi passer sa jeunesse dans
les veilles, et se consumer sur des
livres? Pourquoi tant de peines!
tant de recherches?.... Pourquoi
se refuser des plaisirs permis?....
Est-ce pour qu'on puisse vous faire
le rep roche que Cicéron allègue
dans son discours sur le poète
Archias :

*Cœteros pudeat, si qui ita se lit-
teris abdiderunt, ut nihil possint
ex his neque ad communem afferre
fructum, neque inaspectum, lu-
cemque proferre.*

Non, Madame, vous me prenez
bien, que me conseillez-vous! vous

par l'endroit le plus sensible en me citant ce grand orateur. Vous savez que, dès ma quinzième année, j'enviai ses talens; cependant vous ne doutez pas non plus de toute ma passion pour la gloire. Si ces Lettres ont quelque succès, je me livre entièrement à la carrière qui pourra me la procurer; de quel mal alors ne serez - vous pas cause!.... Car ignorez-vous de combien d'épines est semée la route de cette profession?... Que de talens ne faut-il pas avoir! Que de maux n'est-on pas sujet à essuyer! Que d'ennemis ne se fait-on pas! Que de critiques de toutes les sortes!

Pensez, Madame, pensez à tout ce qu'a souffert le sublime et tendre Racine, à qui la France devait des temples; pensez que le premier chef-d'œuvre qu'enfanta le grand Corneille, et celui qui fait tant d'honneur à l'esprit humain (1), attira à son auteur, la jalousie implacable du Ximenès de la France (2); tant ce dernier enviait sa gloire.

Mais tout cela, me dites-vous, tout cela n'est rien lorsqu'on aime son pays, lorsqu'on veut se rendre utile à sa patrie, à tous les hommes en général; lorsqu'on est enflammé de l'amour de la gloire l'on ne doit rien craindre, l'on doit tout braver et suivre l'impulsion où la nature vous entraîne; au reste me dites-vous encore, vous devez l'impression de ces Lettres à la mémoire du père de C...., à toute la famille

---

(1) Le Cid.

(2) Le cardinal de Richelieu.

qui en est le sujet et à la petite
histoire qu'elles renferment (1).

---

(1) Voici plus de dix-huit mois que ces
Lettres sont écrites. Sortant de les composer,
j'imaginai celle-ci pour servir de préface à
l'ouvrage. Bien que les circonstances m'aient
fourni l'idée de mettre au jour une brochure,
par laquelle je ne m'attendais pas à débuter,
j'assure que cette lettre n'a subi aucun chan-
gement.

Quant à ma brochure, j'ignore si quelque critique en a dit du bien ; mais j'avoue
que la manière avec laquelle le public l'a
reçue, a surpassé mes espérances. J'ai appris qu'une tête couronnée, *sans s'effa-
roucher du genre*, l'avait lue plusieurs
fois avec beaucoup d'attention, et que loin
de trouver extraordinaire ce que j'y dis,
elle n'a fait au contraire qu'en paraître
satisfaite. Je suis donc véritablement fâché
de n'avoir pu retoucher la réimpression que
j'annonce. Cette seconde édition est cependant tirée à petit nombre; J'espère qu'un
jour, en donnant au public, quelqu'éclair-
cissement sur le vrai fond de ce petit

Ainsi, Madame, je vais donc vous obéir. Vous riez de mes craintes, et vous me trouvez trop heureux d'avoir une si bonne occasion d'annoncer le plan du grand ouvrage dont je vous ai parlé (1).

Adieu, petite méchante, vous allez me faire éprouver de grandes souffrances jusqu'à ce que je sache le sort de mes Lettres. Cependant je n'en suis pas moins votre, etc.

---

ouvrage, je le retoucherai avec tant de soin, qu'il en sera pleinement satisfait.

(1) Non seulement le plan de l'ouvrage dont on parle ici est déterminé, mais encore le premier traité est entièrement écrit.

Si le public accueille ces lettres, il est possible que je le lui livre bientôt. Voici comme cet ouvrage sera intitulé : *L'Education, ou les Elèves instruits par eux-mêmes.* Le premier traité a pour objet, *l'Apologue,* ou Fable morale.

LA PETITE
HÉLOÏSE,

ou

LETTRES A MADAME DE ***,

SUR

DEUX AMANS DE L'ILE DE CRÈTE.

~~~~~~

LETTRE PREMIÈRE,

A MADAME DE ***.

J'AVAIS cru, Madame, que le siècle présent et les siècles à venir ne rêveraient plus de Sévigné, de Maintenon, de Deshoulières ; mais j'étais dans l'erreur. Malgré tous les anathêmes lancés par Molière et Boileau (1) contre les Femmes savantes,

---

(1) Il ne faut pas croire pourtant que nous soyons ici d'un sentiment bien différent de ceux de ces poëtes et de J.-Jacques. Comme ce dernier, nous connaissons les de-

1

je vois avec plaisir que beaucoup s'occupent encore de sciences. O ciel !
un sexe comme le vôtre pourrait-il

---

voirs de la femme; nous savons qu'une mère,
quel que soit son rang, sera toujours blâ-
mable, et ne pourra jamais être louée de
négliger ses enfans pour le vain plaisir
d'écrire : mais nous ne croyons pouvoir
rien dire contre celles qui, vivant seules,
lorsqu'elles en ont les moyens, se livrent à
l'étude, pour en faire rapporter quelques
avantages à la société. Du reste nous sommes
de l'avis de Rousseau ; nous croyons que ce
sexe est trop délicat pour louer en lui une
trop grande érudition, et pour qu'il lui soit
permis de s'occuper à des ouvrages qui n'ont
pour but que la métaphysique, la philoso-
phie et la politique. Non, les grâces que la
nature a prêtées à ce sexe aimable, ne sont
pas pour qu'il s'adonne à des choses si sérieuses. Mais une femme sera toujours
louable et lui fera toujours honneur lorsqu'elle pourra nous donner de ces petits
ouvrages qu'on mettrait en parallèle avec
ceux de madame Deshoulières et de l'illustre
auteur des Nouvelles.

Pour les romans du jour, nous n'en pare pas s'occuper de la seule chose qui peut élever notre nature, qui peut lui faire connaître l'intelligence qui l'a créé, et lui suggérer ces hauts sentimens qui le portent à l'admiration du grand être! Oui, Madame, je vous le dis sans flatterie, jamais homme n'admira plus que moi les belles productions de votre sexe. Que de fois j'aimais à m'attendrir avec la plaintive Deshoulières ! que de fois la lecture des ouvrages, dont je vous ai parlé, m'a procuré

---

lerons pas. Il ne vaut pas la peine d'écrire, si l'on doit donner des choses indignes de la postérité, et qui, loin d'honorer la plume d'une femme, ne seront qu'à l'avilir *.

* Nous sommes loin de mettre au nombre de ces productions les ouvrages de plusieurs Dames de nos jours. Les noms des Genlis, des Staël, des Cottin, des Dufrenoy, etc., figureront toujours avec avantage, même auprès de ceux des Sévigné, des Maintenon, des Deshoulières et des femmes les plus aimables du siècle de Louis XIV.

de douces jouissances! O Deshoulières! ô Maintenon! ô Sévigné!
charmans auteurs! vous vivrez éter-
nellement dans la mémoire des
hommes instruits. Toujours vos productions feront les délices des êtres
pieux et sensibles : vos noms ne
mourront jamais.

Sans doute, Madame, ce début
a de quoi vous surprendre; cette
manière de s'énoncer en tête d'une
lettre, ce ton brusque, ces transports d'admiration et ces apostro-
phes réitérées, vous déplairont peut-
être un peu : mais pardonnez-le
moi, c'est l'effet du plaisir que m'ont
causé vos lettres.

Instruite du séjour que M. Jules
et moi fîmes à la campagne du père
de C...., et sachant qu'il nous y
raconta une petite histoire, votre
brûlante ardeur pour les jolies choses
veut absolument que je la lui rap-
porte. Vous voyez, par ce que j'ai dit

ci-dessus, que je suis bien éloigné
de ne pas l'approuver. Mais voilà ma
crainte : Comment vous rendre les
choses telles qu'il nous les a dites ?
Où seront ces aimables circonstances
qui, tout en nous amusant, nous inspiraient l'amour de l'humanité ? où
seront ces charmantes situations des
deux cœurs les plus sensibles? O
charme de la chaumière! ô bril-
lantes descriptions! ô situations tou-
chantes! ô Zéir! ô Sémil! que vous
allez perdre en passant sous ma
plume!

Toutefois, Madame, je vais tâcher de vous satisfaire, puisque vous
désirez avoir cette petite histoire
écrite de ma main : puissé-je vous
rendre les choses telles que je les
ai senties ! puissé-je aumoins vous les
rendre avec la même simplicité que
le père de C..... mettait dans son récit! C'est le but où tendront tous
mes efforts; et dussé - je paraître

original, je veux tâcher de faire passer dans ces Lettres tout le feu de sa narration.

En attendant.... je suis, Madame, Votre.....

P. S. Pour ne pas vous faire attendre plus longtemps, Madame, je vous préviendrai dabord que nous suivrons l'ordre observé par le pére de C.....; il ne nous racontait son histoire que dans nos promenades, qui toujours avaient lieu, ou le matin ou le soir. Nous prendrons la même marche; et je ne vous écrirai de lettres, qu'autant qu'il y eut de courses où nous nous en sommes occupés. Ne vous étonnez donc pas, si je donne à chacune d'elles un titre qui leur sera particulier, comme : *promenade du matin, ou promenade du soir.*

LETTRE SECONDE.

PREMIERE PROMENADE DU MATIN.

Le Soleil.

Nous touchons, Madame, à la fin de notre première promenade. Déjà je vois le réduit où nous devons nous aller asseoir. M. Jules et moi marchons à côté du bon père de C... : et ce sage vieillard ne va pas tarder à nous commencer l'histoire tant désirée.

L'aurore, sortant des portes de l'orient, vient nous annoncer le grand flambeau qui ramène le jour. Le coq salue cet astre par son chant matinal : il l'annonce à l'univers ; il célèbre son retour sur notre hémisphère, et déjà les rayons de l'être vivifiant pénètrent jusqu'à nous.

C'est lui qui nous apparaît là-bas
dans le lointain; il commence à
déployer son disque radieux. Quel
tableau vient frapper nos regards!
Le voilà! O sublime et magnifique
spectacle! ô comme il se lève majestueusement ce roi de la nature!
Tout avec lui semble se réveiller
et se rajeunir. Les oiseaux, rou-
vrant leurs paupières appesanties
par le sommeil, vont reprendre
leurs concerts : l'homme même des
champs, oubliant les fatigues de la
veille, et se sentant une force nouvelle, revole à la charrue avec plus
de plaisir que jamais. Toute la nature est présentement ranimée! les
cris de joie que semblent pousser les
divers habitans des forêts; la vigueur
des plantes et des arbres; le chant
de la fauvette se mêlant à celui du
pâtre, tout démontre que sa présence communique un sentiment de
force à chaque objet! Quelle image
de la grandeur et de la puissance du

Très - Haut ! Homme superbe ! où réside - tu maintenant ? Qu'est - ce que ta folle grandeur et ta vanité ? Que tu parais petit auprès de ce grand flambeau ! Que serait-ce donc si l'on te voyait à côté de son auteur !

Mais qu'ai-je dit, Madame? je sens que je m'oublie : je ne veux point moraliser. Pardonnez à un être sensible, à qui l'imagination, retraçant ce tableau, le force à reconnaître son néant, la grandeur d'une intelligence suprême, et combien son espèce devrait l'adorer.

Enfin nous voici dans le réduit! le père de C... va nous commencer son histoire. Quoique la tombe l'enferme depuis quelques mois, ma pensée se le représente encore existant à mes yeux ; il me semble le voir, ce vénérable vieillard, avec son grand front chauve, et ses courts cheveux aussi blancs que la neige. Courbé par

l'âge, il a besoin de sa canne d'ébène
pour se soutenir. Son visage pourtant est encore riant et frais; ses
yeux vifs et plein de feu. Enfin, le
voici qu'il cherche à s'asseoir : don-
nons-lui la main pour qu'il se mette
sur ces bancs, entourés d'un vert
gazon, dont l'aimable souffle du
zéphir répand le parfum dans les
airs. Mais que je ne ralentisse plus
votre attention. Sans doute, vous
attendez avec impatience le moment
de l'entendre parler; avec quel plaisir vous prêtez l'oreille !...

Flots de la mer, qui venez battre
les pieds du château, cessez vos gé-
missemens; feuillage, arrête ton
murmure; oiseaux, qui ne parlez
point au sentiment, taisez-vous. Pour
toi, plaintive Philomèle; pour toi,
dont les accens pénétrent jusqu'au
cœur, continue ton chant harmonieux; loin de nuire au saint homme,
il va même servir à l'échauffer. Mais.

silence.... je vois que tu l'inspires....
écoutons....

« Vous me pressez sans cesse, mes
amis, pour que je vous raconte mes
premières jouissances : hélas ! quelles
ont été peu de choses ! ou plutôt que
ce temps en fut court ! Je vais le faire
cependant, puisque vous paraissez
le désirer : combien ne devrai-je pas
me complaire à vous retracer l'histoire qui va renouveler tous mes plaisirs ! que ce souvenir est agréable !
qu'il flatte mes sens ! et cependant
(chose étrange) qu'il est triste de se
le rappeler ! qu'il me démontre bien
la fragilité des choses humaines ! où
te chercher, temps de mes premiers
beaux jours ? D'où vient que depuis
quatorze lustres je n'ai pu te retrouver nulle part ? où paraît être le long
intervalle qui s'est écoulé depuis
cette époque ? Je n'ai pour ainsi dire
pas joui, et pourtant un point mis
entre ces deux espaces, me paraît...

mais où vais-je me perdre , mes bons amis ? Rassurez - vous , je ne veux point attrister vos jeunes cœurs par... je sais trop bien ce qui peut convenir à leur âge.

» Vous me demandez mes premières jouissances ; je ne sache jamais en avoir senti de réelles que dans mon séjour de l'île de Candie, anciennement appelée *Crète*. Vous croyez peut-être que c'est dans la contemplation de ses monumens, ou dans l'histoire de son antiquité que je trouvai le bonheur ? Non, chers amis ; aussi ne vous en dirai-je rien. Vous connaissez comme moi le fameux labyrinthe de cette île ; vous savez que Platon et Lycurgue se firent un vrai plaisir d'y voyager : que ce dernier surtout rechercha l'amitié de Thalès, poëte et législateur, étudia les mœurs de ses habitans, et profita beaucoup des sages lois de Minos. Laissons aux savans à

rechercher ces principaux points de
l'antiquité. Pour nous, maintenant,
cherchons des choses plus propres à
notre âge. Je dis pour nous, oui,
mes amis ; car l'homme qui parvient
à l'extrême vieillesse, redevient pour
ainsi dire enfant, et ne peut guère
s'occuper de choses abstraites. Venons-en donc à quelque histoire qui
puisse nous amuser en même-temps
que nous instruire. Voilà, je crois,
ce que nous trouvons dans celle de
la famille qui fit toutes mes jouissances. Jouissances pures ! jouissances véritables, que je trouvais
dans la chaumière d'un de ses habitans, et non, comme vous avez pu
le penser déjà, dans le palais des
grands !

En effet, vous le savez comme
moi, qu'elles résident bien plus souvent sous ces débris antiques, dans
ces lieux éloignés du monde et presque déserts, où le bon père de famille

sans désirs, content de soi-même, laboure son champ qui le paye avec usure, et bénit Dieu du fruit de son travail.

Mais c'est trop vous faire attendre, mes bons amis ; venons-en maintenant à l'histoire de cette famille dont je viens de vous parler.

RÉCIT,

» Ce fut en l'année 1720 que j'entrai dans l'île de Crète ; après avoir demeuré dans sa capitale, qui se nomme Candie, je résolus de me fixer à la Cannée : c'est une autre ville plus petite, mais qui n'est guère moins peuplée que la première. Au bout de quelque temps je liai connaissance avec une dame grecque, femme vertueuse et d'un commerce agréable ; quoiqu'elle eût de grandes possessions, elle étai: sans faste et sans orgeuil ; elle avait autant de plaisir à se rendre à la cabane de l'indigent ou chez l'habitant des campagnes, que dans le palais du Pacha. En 1721, elle me fit connaître une famille résidente au bas des Monts de la Sphachie (1), anciennement appelé *Monts blancs*, parce qu'ils sont couvert de neige une partie de l'année ».

« Deux époux, une fille chérie, l'unique fruit de leurs amours et un ami, tels étaient les êtres qui composaient cette famille. Zéir, (ainsi se nommait la jeune personne) comblée de tous les dons de la nature, belle, sensible, vertueuse, faisait le bonheur de ses parens, qui défri-

---

(1) C'est ainsi que Belon, Leflamand-D'apper et Savari, écrivent ce substantif: Tournefort cependant l'écrit avec *f* au lieu de *ph*, mais j'ai préféré l'écrire comme les premiers: l'*f* ainsi placé me paraissant peu conforme aux principes de notre orthographe.

chaient eux-mêmes une terre dont le produit les faisait vivre dans une heureuse médiocrité ».

« Quant à l'ami, de concert avec Hassan-Effendy, chef de la famille, il s'occupait en outre à tailler les arbres qui entouraient leur habitation ».

« Il avait le nom d'Agélas ; c'était un ancien officier d'Effendy. Ce garçon estimable était tellement attaché à son maître, qu'il ne put s'empêcher de le suivre lorsque celui-ci quitta la ville de la Cannée, dont il avait été pacha ».

« Vous savez donc, mes amis, que Hassan - Effendy était un homme de la première distinction ; et qu'il s'était ainsi réfugié dans une de ses terres, à cause de l'injustice des hommes, abandonnant toutes ses autres richesses à ses ennemis ».

« Quoique turc, ce vénérable vieillard n'avait point la rudesse de ses

compatriotes ; il était très-instruit :
les fréquens voyages, surtout, qu'il
avait faits en France et dans d'autres
contrées où régnaient la politesse
et le goût des beaux - arts, avaient
achevé d'effacer en lui cette teinte
de grossiéreté qui caractérise sa nation ».

« La manière dont il vivait avec sa
femme et sa fille, toute rustique
qu'elle était en apparence, peut vous
en donner une idée ».

« Il ne voulait point qu'elles tou-
chassent la terre : il me disait que ce
sexe était trop délicat pour s'occuper
de travaux aussi pénibles. Je crois,
ajoutait-il, que la nature le destine
à d'autres occupations, et que les
affaires domestiques, seules, doivent remplir tous ses devoirs ».

« Sa femme et sa fille, semblables
à celles des anciens patriarches, dont
parle l'écriture, ou bien des rois
qu'à chantés le divin Homère, se mê-

* *

laient des occupations intérieures.
La mère elle-même lavait le linge
de la maison, apprêtait les repas et
tenait toujours leur habitation dans
une humble propreté. La fille soignait
la brebis et la chèvre qu'ils avaient,
les trayait tous les matins, et faisait de leur lait des fromages semblables à ceux qui nous viennent de
Parme. Elle avait soin encore du
peuple volatile, dont un poëte, rival
d'Hésiode, a si bien chanté l'insdus-
trieuse république; ils en avaient
deux ruches.

Voilà quelles étaient les principales occupations de cette aimable
famille. Seulement, quelquefois
aussi, la mère et la fille, dans les
ardentes saisons se levant avec l'aurore, allaient rafraîchir ce parterre
de fleurs, qui formait un cercle autour de leur chaumière; redresser
ce laurier-rose et ce myrthe fleuri,
dont le vent avait courbé la tête dé-

bile; ou bien allaient dans ces vergers remplis de jujubiers, d'orangers, de citronniers et d'amandiers, pour cueillir quelques fruits, et les offrir au voyageur fatigué.

C'est ainsi que vivait cette bonne famille auprès de qui j'ai trouvé le bonheur. Loin des grands, retiré de la foule importune, donnant l'hospitalité à tous ceux qui la leur demandaient, vivant dans une paix continuelle; ah! oui, eux seuls, et ceux qui mènent une vie semblable, connaissent le vrai bonheur.

Eh! mes amis, que faut-il de plus à l'homme pour le rendre heureux que ce qu'avaient ces bonnes gens? que de fois je me suis rappelé ce temps heureux où j'allais les visiter! que de fois j'enviai son destin fortuné! que de fois j'ai désiré d'acheter une terre pour vivre comme eux, et près de leur habitation!

C'est-là, sans doute, l'image des

occupations du monde primitif : ce
sont ces mêmes mœurs domestiques,
les mêmes usages, ce même amour
de la vertu, de la félicité, de l'hospitalité, si fréquent chez nos premiers pères. Où peut être maintenant ce temps où tous les hommes
vivaient ainsi ? où s'aimant comme
des frères, ils ne pensaient qu'à travailler les uns pour les autres, et
bornaient toute leur ambition à se
faire du bien mutuellement ? Hélas !
c'est en vain que nous le recherche-
rions ; il est loin de nous : nous ne
le verrons peut-être plus.

Vous pensez bien, mes bons amis,
que puisque j'aimais ainsi cette manière de vivre, je devais me trouver
assez fréquemment chez notre famille. J'allais la voir régulièrement
deux fois par semaine ; un soir que
j'étais au moment de me retirer, le
tonnerre se fait entendre ; la voûte du
ciel qui paraissait être dans son plus

bel azur s'épaissit tout-à-coup : les
nuages se confondent: l'obscurité re-
double et descend jusque sous le
faîte des forêts voisines. Seulement
de temps en temps la surface du
globe céleste semble s'entrouvrir:
des éclairs sans nombre sillonnent
les plaines de l'éther; tout s'ébranle:
la cime des forêts s'incline et se re-
dresse en gémissant; des torrens se
précipitent, en bouillonnant, du
haut des montagnes; toute la nature
semble bouleversée: les sifflemens
des vents; les éclats de la foudre ré-
pétés au loin par les échos; le fracas
des arbres déracinés par la tempête;
les cris des animaux, tout cela porte
la terreur au fond de l'âme. Qu'est
devenu le monde ! que devient la
nature ! Il semble que les cieux et
la terre, se confondant et ne formant
plus qu'un , vont s'ensevelir dans
une immense ruine. O triste et magnifique spectacle! image à la fois
terrible et sublime du chaos !

Mais, j'entends qu'on parle : on
paraît empressé : qu'est-ce? pendant
que l'effet de l'ouragan, dont je venais de voir les désastres, par une petite croisée, me faisait ainsi réfléchir, un jeune inconnu venait de
frapper à l'habitation, et on lui avait
ouvert : il me paraissait à la fleur de
l'âge; son port était majestueux; sa
démarche, gracieuse et libre; un
léger duvet ombrageait son menton;
les traits de son visage étaient bien
pris; son œil vif et perçant; et malgré
l'abattement où la tempête semblait
l'avoir mis, il avait un certain air
de grandeur et de noblesse, qui le
rendait tout à fait agréable. Aussitôt la bonne famille s'empressa d'al-
lumer le feu pour le faire sécher; et
ne doutant point qu'il ne dût avoir
faim, elle se hâta d'apprêter le
souper.

Pour moi, j'aurais vainement
montré le désir de m'en retourner:

elle n'aurait voulu jamais y consentir; ainsi restai-je sans parler de me retirer.

Le jeune homme, cependant, était toujours auprès du feu, et commençait à bien se sécher; il avait quelque chose de si doux dans son visage, de si aimant dans ses manières, qu'à chaque minute j'avais envie de le faire parler. Le moment de se mettre à table étant venu, l'occasion s'en présenta bientôt; après que nous eûmes mangé la soupe au lait, un peu de beurre frais et du fromage, dont je vous ai parlé, tout cela, fruit des utiles loisirs de mes amies; le dessert étant venu, Hassan-Effendy lui demanda s'il n'était pas sphachiote, et comment il avait pu se trouver si tard dans ces contrées. — « Oui, je le suis, seigneur, répondit le jeune homme, avec modestie, et, si vous le voulez, je vais en peu de mots vous apprendre

comment l'ouragan m'a surpris dans
cette plaine ».

« Depuis longtemps trois de mes
amis et moi , projettions de descendre dans votre vallée de la Culate,
afin d'y chasser un peu ; lorsque ce
matin, la sérénité du ciel, nous an-
nonçant une belle journée ; nous
nous sommes mis en chemin pour
l'exécuter. Dans une heure de temps
nous en avons fait la route. La beauté
de votre vallée pendant plus d'une
lieu d'étendue ; la grande quantité
de narcisses jaunes et blanc·, dont
elle est jonchée de tous côtés ; la
charmante vue qu'offraient les endroits plus élevés qui l'entourent,
tout couverts d'anémones blanches,
de violettes jaunes et rouges, en un
mot de toutes les couleurs, présen-
taient un spectacle si beau , que nous
ne pûmes nous empêcher de la visiter avant de commencer notre
chasse. Le soleil avait passé le mi-

lieu de sa course, lorsque nous nous en revenions chargés de bécassines, de poules d'eaux, de cailles et de plusieurs autres oiseaux de cette espéce ».

» Mais tout-à-coup.... hélas! mes chers hôtes. ..., ai-je besoin de vous le dire... vous connaissez mieux que moi les désastres de la tempête, et ce qu'elle peut sur trois jeunes cœurs sans expérience, qui se trouvent pour la premiére fois égarés dans ces vastes et profondes solitudes. Au premier éclat du tonnerre, au bruit sourd et prolongé du bourdonnant des arbres, à la grande obscurité qui survint aussitôt, nous ne savions que faire, que penser, et comment retrouver notre chemin. Cependant, marchant d'un pas précipité vers nos monts, nous traversons tout ce qui s'offre à notre passage. Lorsqu'aussitôt un losange de feu est tracé dans les airs, l'ou-

2

ragan déchaîné siffle avec furie et se
répand en grondant sous la voûte
des cieux. Il tonne coup sur coup;
les nuages grossis laissent tomber
une pluie abondante qui nous inonde
de toute part. O ciel! que devins-je
en ce moment? Que devintes-vous,
surtout, amis incomparables? Vainement je vous appelai; l'écho répondit seul à ma voix : je ne vous ai
plus vus... vous êtes disparus de mes
côtés comme si tout-à-coup les
monstres aériens vous eussent en-
levés pour leur empire.... Je ne sache
pas même qu'une de vos paroles soit
venue frapper mes oreilles. Dans cet
affreux moment auriez-vous donc
voulu m'abandonner? O non, chers
amis, pardonnez........; je sens que je
fais une offense à l'amitié ; vos cœurs
sont trop droits et trop bons; vous
avez l'âme trop élevée et les sentimens trop hauts pour jamais seulement en avoir conçu la pensée. Mais

peut-être que la foudre du ciel vous...
ô non.... il n'est pas possible... le ciel
est trop juste....

» Cependant ne sachant où j'étais,
et comment diriger ma route, je
m'enfonçai sous une vaste allée de
platanes, afin de me garantir des
torrens de pluies qui m'accablaient.
Je résolus bientôt de sortir de ces
lieux, maudissant le malheureux
sort qui m'avait ainsi séparé de mes
amis. Pour cela j'imaginai de monter
sur un platane et de regarder à
quelle distance j'étais de chez moi,
sans réfléchir que l'obscurité devait
m'empêcher de voir. Je portais donc
vainement mes regards de tous les
côtés. Je ne voyais que ténèbres;
seulement, quelquefois saisissant le
passage d'un éclair, je faisais de
nouveaux efforts pour chercher à
les appercevoir; mais toutes ces ten-
tatives furent encore sans succès.

» Pendant que j'étais ainsi dans

*

cette position, et toujours au haut
de l'arbre, le tonnerre semble gron-
der perpendiculairement sur ma tête;
des éclairs sans nombre viennent
m'aveugler; un vent furieux fait gémir l'arbre sur lequel j'étais; je me
balance avec lui, et suis ses divers
mouvemens; ses branches rompent
sous mes pieds et restent dans mes
mains. Hélas! où étais-je en ce moment? Oh! la main bienfaisante qui
m'a sauvé peut seule le savoir!...

» Plus mort que vif, tremblant
comme la feuille, j'espère cependant : j'élève mes yeux vers le ciel,
je fais un signe de croix, j'essaye de
prier..... je ne le puis..... mais je sens
que je suis exaucé. O chers hôtes!
qu'il est doux ce signe de croix,
quand on fonde en lui son espoir!
qu'il a de puissance sur les âmes
sensibles et qui croient en Dieu!
Religion sainte qui l'inspira, signe
de croix comme jamais je n'en fis;

je vous salue, consolation de l'âme !
dernier refuge des malheureux !
source de tout bienfait et de tout
salut !....

» Tout-à-coup mon courage re-
naît, mes forces se raniment, et j'apperçois bientôt une petite lumière
à quelque distance de moi. Je des-
cends alors pour diriger mes pas vers
l'endroit où je l'avais vue, et ne fus
pas plutôt dans la plaine que je l'apperçus......

Hélas ! âmes bienfaisantes ! que ne
vous dois-je pas ? c'était la lueur de
votre bougie que j'appercevais. J'a-
borde votre chaumière... je frappe...
vous m'ouvrez, je laisse à vous dire
la manière dont on m'a reçu ; puisse
le ciel bénir votre bienfait ! il sera
toujours présent à ma mémoire !...
» Oh ! dit l'épouse d'Hassan·Effendy,
en tournant la tête un peu de mon
côté, pauvre jeune homme.... mérita-
ta-t-il d'essuyer de semblables épreu-

ves?., comme il est charmant! puis
tout-à-coup haussant la voix : « Mon
ami, lui dit-elle, ceux qui vous sui-
vaient ne viennent point; ils n'ont
peut-être pas apperçu la lumière ».
Et s'adressant à son époux : «Effendy,
engageons Agélas à prendre une lanterne pour aller voir s'il peut les
trouver »...

— »Oh! Madame, reprit le jeune
sphachiote, pourquoi tant de peines?
le grand attachement que j'ai pour
mes compagnons m'occupe beaucoup à cause de l'incertitude où je
suis de leur sort; mais ils sont plus
âgés que moi, ils ont plus d'expérience; et sans doute, après m'avoir
cherché en vain, ils n'auront pas
manqué de se retirer : ainsi je crois
que, sans offenser l'amitié, je dois
être aussi chagrin sur le trouble que
mon absence doit causer à nos parens. Hélas! un vieillard, une femme
presque sexagénaire, m'ont pour fils

unique ; ils m'aiment jusqu'à l'idolâ-
trie. Que de larmes n'ont-ils pas versés de ne m'avoir pas vu de retour
à la maison avant la fin du jour!
Fils ingrat! Je suis parti malgré leur
volonté : il semble que leur tendresse présageait l'accident qui devait nous survenir? ô que je m'en
retourne au plus vîte!

» A mesure qu'il parlait ainsi, toute
la famille le regardait. Effendy et sa
femme paraissaient surpris de voir
tant de rapport entre la position de
ses parens et la leur; puisqu'il n'a-
vait eu comme eux qu'un seul objet, pour fruit de leurs amours, et
pour consolation de leurs vieux ans ».

Moi, de mon côté, je ne le fus
guère moins, lorsque j'entendis cette
plainte touchante du cœur filial ;
je me transportai alors, par la pensée,
jusque dans l'antiquité, et me rap-
pelai l'histoire du jeune Tobie, qui
voulait absolument quitter Ragnel,

de crainte qu'une trop longue absence n'affligeât ses parens.

» Non, lui dit la femme d'Effendy,
malgré toutes ces résistances, vous ne
vous en retournerez que demain ».

A l'instant Agélas partit pour
aller avertir ses parens, qu'il était
en sûreté; et pour nous, prenant une
lanterne, nous allâmes voir si nous
ne pouvions pas trouver ses amis.

Ce fut vainement que nous les
cherchâmes, nous ne les vîmes nulle
part. Agélas, à son retour, dit qu'il
les avaient trouvés chez les parens
du jeune homme, à s'en informer.

Le lendemain nous nous levâmes
avec le jour. Le sphachiote voulait
prendre congé de nous; mais mon
amie le retint au déjeuner; elle
venait à peine de nous quitter, que
tout-à-coup, nous l'apperçûmes au
bout du parterre, tenant sa fille
par la main; alors nous faisant signe
de la suivre, elle nous mena dans
une grande allée de platanes, qui

se trouvait à quelque distance de la chaumière. Quelle surprise! nous n'y sommes pas plutôt entrés, que nous voyons un modeste repas élégamment apprêté sur une table de gazon fleuri: tout autour sont deux bancs de mousse servant de sièges et de tapis; un ruisseau limpide coule à côté roulant une eau plus claire que le cristal; au-dessus de notre tête, les branches touffues d'un platane, parmi lesquelles on apperçoit de gros raisins, nous forment un dais enchanteur.

Ce lieu parut tout à fait admirable à notre jeune sphachiote; il m'avoua, sans peine, que jamais il n'avait rien vu de si beau.

Dès que la femme d'Effendy se fut apperçue que nous en avions examiné toutes les parties, elle appela son mari, et nous contraignit de nous asseoir sur les bancs de mousse, afin que nous commençassions à déjeuner.

Le jeune sphachiote, qui m'avait paru distrait à la première vue de Zéir, le fut bien davantage, lorsqu'il se vit vis-à-vis d'elle. Je m'étais apperçu la veille qu'il avait été frappé de sa beauté ; mais ce n'était pas aussi sensible qu'aujourd'hui : je le voyais à tout moment baisser les yeux à la rencontre de ceux de Zéir ; et malgré tout ce qu'il faisait pour paraître ne pas s'en occuper, il n'était que trop facile d'appercevoir son embarras.

Hélas ! était-ce bien étonnant, après qu'il eut observé la vivacité de ces yeux plus brillans que l'éclair, mais que la modestie semblait cacher sous les charmes de son voile ; après qu'il eût vu cette petite bouche de rose, et ces joues vermeilles ; ce front de lys où siégeait la candeur ; ces cheveux plus noirs que le geai, négligemment tressés ; ces bras d'albâtre, ce petit pied délicat,

cette démarche sans apprêts, mais
ravissante dans sa simplicité : enfin,
cette taille si bien prise, et les aimables contours de ce sein... mais mon
pinceau m'échappe. Le jeune sphachiote, les yeux fixés sur elle, ob-
serve jusqu'à ses moindres mouvemens, et garde le silence.

Cependant, notre déjeuné s'avançait ; soit qu'il fût honteux de son
embarras ou toute autre chose, il nous
donna à entendre que cette allée ne
fût celle où la veille il s'était mis à
l'abri.

La conversation roula longtemps
là-dessus : l'épouse d'Hassan-Effendy
fit même voir l'arbre sur lequel il
était monté. Il le reconnut en effet,
admirant la Providence qui nous met
souvent dans les plus affreuses situations pour nous faire sentir davantage les plaisirs qu'elle nous prépare.

Ici, nous sortîmes de table, et le

bon jeune homme demanda qu'il lui fût permis de venir nous voir ».

Voilà, mes chers amis, comme agissait cette famille à l'égard des étrangers ; tout le monde également trouvait le couvert sous son toit. Pour la femme d'Effendy, rendre l'hospitalité fut toujours la plus simple des choses, et faire les plus grands sacrifices pour autrui, furent à ses yeux les plus doux amusemens. Hélas ! elle avait le cœur si bon, l'âme si chaste et si vertueuse, les sentimens si élevés, que cela ne doit pas du tout vous surprendre. O femme incomparable ! vraie divinité pour la vertu ! depuis soixante-sept ans que tu jouis, sans doute, de la récompense due aux âmes justes, j'ai bien vu des femmes, mais jamais je n'ai vu ton égale.

En achevant ces mots, le domestique du père de C..., vint nous avertir que le thé se refroidissait. Pensez, Madame, si pour aujourd'hui, Jules et moi ne nous en serions pas passés ? mais, voulant ménager cependant notre veillard, nous nous rendîmes au thé avec grande promesse de revenir ce soir, pour continuer notre histoire.

Voilà, Madame, ce qui nous fut dit dans notre première Promenade. En attendant le sujet de la seconde, veuillez, Madame, agréer.....

DEMONVEL.

~~~~~~

LETTRE TROISIÈME.

PREMIÈRE PROMENADE DU SOIR.

La Lune.

QUEL plaisir s'empare de nous!
M. Jules et moi brûlons tous les deux
d'impatience!...Quand commencera
donc la suite de cette histoire?.....
Bientôt, Madame, bientôt. Nous
gravissons la colline sur laquelle nous
devons passer la soirée; notre bon
vieillard monte déjà, ses deux mains
appuyées sur nos épaules.

Quel sublime effet de la nature!
nous n'appercevons nulle part le
brillant flambeau qui nous éclairait
ce matin. Dans quels lieux es-tu
donc maintenant, astre céleste?
quel univers te possède? pourquoi

sitôt quitter notre horizon? vainement nos yeux te cherchent de tous
les côtés. Pourquoi nous fuir ainsi?...
Ah! je le vois bien : soumis au grand
être, tu parcours la route que sa
main t'a tracée; tu visites sans doute
d'autres mondes aussi merveilleux
que celui-ci. O comme la nature est
changée! quel silence règne dans
l'immense région des airs! rien ne se
meut; tout paraît paisible. Les habitans des bois ne flattent plus nos
oreilles de leurs chants harmonieux.
Le dieu du sommeil, répandant sur
eux ses pavots, semble leur avoir ôté
l'existence: Zéphire, se rapprochant
seulement un peu des dons de son
amante, cherche à leur ravir quelques baisers; il répand partout une
délicieuse fraîcheur: le feuillage des
arbres est légèrement agité. Nous
sommes peut-être les seuls qui veil-
lons maintenant dans ces lieux. La
lune, tournant autour de notre globe,

marche majestueusement dans la voûte azurée, et nous sert seule de compagne en veillant avec nous. Que cet astre est consolant pour les âmes malheureuses! Offrant toujours quelque image de la mélancolie, elle paraît ne se présenter aux regards des humains que pour partager et adoucir leurs peines. Que ce silence et que ce sommeil de la nature nous paraît beau! qu'il est enchanteur pour les êtres sensibles! qu'il nous peint bien la bonté, la puissance et la grandeur d'un Dieu!....

Mais je sens, Madame, que c'est trop contrarier votre curiosité. Maintenant que nous sommes assis, revenons donc à notre histoire. Voici comment le bon vieillard continua :

« Il paraît, mes bons amis, que le jeune Sphaciote n'oublia pas l'hospitalité qu'il avait reçue; d'autres diraient, peut-être, l'impression des charmes de Zéir : pour moi, je puis

assurer que s'ils y coopérèrent, la reconnaissance y eut aussi une grande
part.

» La femme d'Effendy me dit
qu'il était venu la semaine suivante,
qu'elle ne pouvait se lasser d'admirer
les bonnes qualités qu'il paraissait
avoir; et que, puisqu'il avait l'air
de se proposer de revenir, il fallait
chercher à s'instruire de ce qu'il savait, et si le fond de son cœur répon-
dait à ses sentimens. Cela ne fut
pas très-difficile; il venait une fois
par semaine régulièrement. Sachant
qu'il venait le jeudi, je me rendis à
pareil jour une semaine à l'habitation. Dès que je le vis, je fus encore
frappé de son air de grandeur, de
son maintien noble et libre : il me
salua respectueusement, et je lui
rendis son salut. Après nous être fait
les complimens ordinaires et nous
être un peu parlé, je lui proposai de
faire un tour dans l'allée des pla-

✳

tanes ; il accepta volontiers. J'appris
alors, par notre conversation, combien il était loin d'être d'une naissance aussi noble que celle de Zéir.
Mais les mérites que je découvris en
lui me parurent le rendre digne de
cette fille estimable ».

« Il avait reçu une éducation assez
soignée. Comme l'enfant de mes
amis, il savait lire, écrire, et possé-
dait toutes les connaissances qu'on
peut exiger de trouver dans un
homme de sa contrée. Il avait de très-
bons principes religieux. Son amour
pour la vertu le rendait admirable :
il se serait même sacrifié pour elle ;
il joignait à cela tant de franchise,
de bonté, de noblesse d'âme et de
supériorité sur le vulgaire, et enfin
tant d'amour pour l'humanité, que
si je n'eusse connu Zéir, j'aurais
vraiment été surpris de voir de si
rares qualités réunies en un si beau
jeune homme ».

» Après cette conversation, les rapports que je trouvais entre la fille d'Hassan-Effendy et lui me parurent si grands, que je ne pus m'empêcher de me dire : Hélas! si deux êtres de cette nature étaient unis, quels ne seraient pas les rejetons qui pourraient en naître! quel exemple frappant de l'union de deux vrais époux! comme le ciel se plairait à les bénir!

» Je dis donc à la femme d'Hassan-Effendy ce que je pensais du jeune Sphaciote, qui portait le nom de Sémil; elle parut partager mon sentiment, et m'avoua, qu'ainsi que son époux, elle avait eu les mêmes pensées. D'après ces conclusions, elle ne se crut point obligée, non-seulement de l'accueillir avec affabilité, mais encore de lui faire pressentir ses intentions favorables pour lui.

» Deux mois se passèrent ainsi, sans que Sémil ait osé rendre visite

plus d'une fois par semaine à l'habitation. Cependant, après ce temps
écoulé, me prenant pour exemple,
il essaya de s'y rendre deux fois :
comme il fut aussi bien reçu, bientôt
après il vint trois fois, puis ensuite
presque tous les jours ».

» Vous présumez, mes bons amis,
quelle en fut la raison. Zéïr lui plaisait ; eh ! à qui n'aurait-elle pas plu ?
La sympathie de leurs cœurs était si
grande ; la conformité de mœurs,
de goût, de caractère si bien à sa
place ; l'amour de la vertu entrait
tellement dans la nature de leurs
âmes, que ce fut toujours les mêmes
soins pour leurs parens, le même
respect pour la religion, les mêmes
désirs pour faire le bien et consoler
les malheureux ».

« Que j'aimais à les voir se promener tous deux dans le parterre
de l'enclos, se tenant par la main !
comme leur aimable abandon me

plaisait! tantôt, je les voyais marcher modestement, la tête baissée, et sans mot dire; tantôt se regarder avec un secret transport et rester immobiles. O! que ce silence de l'un et de l'autre parlait bien à leurs cœurs! comme il était un témoignage de leurs vœux mutuels! d'autres fois, ils marchaient avec promptitude, se parlaient beaucoup et ne semblaient rien dire. O êtres inestimables, à quel couple pourrai-je vous comparer? Ah! si je n'eusse connu l'existence d'Adam et d'Eve, je ne l'aurais jamais pu faire; oui, vous seuls me retracez les fondateurs du genre humain. Comme eux, vous avez une égale beauté! comme eux, jusques aux plus libres, toutes vos actions étaient innocentes!

« Voici, mes bons amis, quelques détails et quelques traits qui pourront vous faire connaître combien ce que je dis est juste :

« Sémil maintenant venait presque tous les jours, et se levait aussi
matin que l'aurore; il trouvait sans
cesse des dons à faire à l'habitation,
soit des arbres ou des fleurs qu'il
prétendait qu'elle n'avait pas, ou
toute autre chose qui pouvait être
utile, ou faire plaisir aux parens de
son ami. Si c'étaient des fleurs, il tra-
vaillait lui-même la terre, pendant
que Zéir ensemençait: si c'étaient des
arbres, ils s'aidaient mutuellement,
et les plantaient tous deux de concert : ils faisaient ceci comme par
récréation, et toujours en s'amusant.
Ils aimaient beaucoup la lecture : sachant que les bons livres sont l'ali-
ment le plus précieux de l'âme, ils
relisaient sans cesse tous ceux qu'ils
pouvaient avoir. Ils avaient des âmes
si sensibles, et si portées à bien faire,
qu'ils savaient presque par cœur les
traits les plus touchans des livres
qu'ils étudiaient. Souvent vous les

trouviez assis sur le gazon, l'un à
côté de l'autre, dans un réduit champêtre; et là ils s'attendrissaient mutuellement sur quelques endroits de
l'Iliade et de l'Enéïde dont je leur
avait donné la traduction. Tantôt c'é-
tait sur ces passages d'Homère où
le brave Hector remet son fils Astia-
nax entre les bras de sa chère An-
dromaque, et s'éloigne pour voler
dans les combats, incertain de revoir jamais et le fils et la mère:
ou bien, sur cet autre, où le vieux
Priam est obligé de se prosterner
aux pieds du meurtrier de son fils,
pour lui redemander le corps qu'il
a mutilé; d'autres fois, encore, sur
ce passage de Virgile, où le bon
Evandre reçoit sous son toît hos-
pitalier Enée qui, quelque temps
après, doit lui renvoyer son cher
Pallas, étendu mort dans une bierre :
très-souvent, sur le sort de la pauvre
mère d'Euriale. Ils déploraient aussi

les funestes erreurs de l'infortunée
Didon; et la traduction de ce vers,
quand elle dit :

Non ignara mali, miseris succurrere disco.

leur avait paru une pensée si senti-
mentale, qu'ils l'avaient gravée sur
une quantité d'arbres, en mettant
leurs chiffres entrelacés dessous. Ils
n'admiraient guère moins ces jolis
traits d'histoire, qui se trouvent en si
grand nombre dans la Bible. Que de
fois je leur ai ouï parler de la constance de Jacob ! du violent amour de
Ruth , pour sa belle-mère Noëmi,
et surtout de cette histoire si charmante de Joseph , de ses frères et
de son père !

« Un trait, que je vais vous citer,
vous fera connaître combien même
ils savaient profiter de ces lectures.
Que dis-je, de ces lectures ? ô non,
leurs sentimens vertueux étaient trop
grands, leur cœur trop bon, leur
âme trop sensible pour avoir be-

soin d'acquérir l'amour de l'humanité par des lectures !

« Un matin, je m'en revenais,
comme à mon ordinaire, à pas pré-
cipités vers l'habitation, lorsque,
tout-à-coup, j'entends pousser des
soupirs : je me tourne, regarde à
l'instant autour de moi; ne voyant
rien d'aucun côté, j'entre sous un
petit bois de platanes qui se voyait
à ma droite : je n'y fus pas plutôt
entré... quel tableau vient s'offrir à
mes regards ! je vois un malheureux
étendu sur des branches d'arbres
bien entrelacées, et que portent
deux jeunes gens. Il paraît approcher de l'âge viril : ses yeux sont
hagards, son visage est creux et pâle
comme la mort, son menton couvert d'une longue barbe aussi mal-
propre que ses habits; avec tout cela,
ô ciel! comment en supporter la vue?
comment deux jeunes cœurs ont-ils
pu seulement avoir la force de l'ap-

3

procher. Ah ! vertu, c'est alors que
je reconnais ton pouvoir ! son pied
et sa jambe droite étaient bien ban-
dés, mais il en sortait un sang cor-
rompu, qui perçait tous les linges,
et répandait une puanteur à se faire
sentir à plus de vingt pas autour
d'eux. Au pied je reconnus le mouchoir de Zéir, et une partie du petit
fichu qui lui couvrait le sein : à la
jambe était celui de Sémil, avec un
côté de sa chemise qu'il paraissait
avoir déchirée. Pensez comme je dus
admirer mes jeunes amans ! je courus de suite pour relever Zéir, car
je m'appercevais que les forces commençaient à lui manquer. Mais cette
fille incomparable me repoussa avec
un courage héroïque. Elle me dit
même qu'elle le porterait, et me pria
d'aller avertir sa mère pour qu'elle
apprêtât un lit au plus vite. J'étais
encore en suspens, lorsque j'entendis le pauvre infortuné prononcer

ces mots d'une voix mourante et presque éteinte : « Non, Mademoi- « selle, c'est trop vous donner de « peine : si vous n'y consentez, je « vais me lever ». Il prononça ces paroles d'un ton si touchant, qu'elles pénétrèrent jusques au cœur de Zéir, et jointes à sa faiblesse, elles achevé- rent de la vaincre. Je ne l'eus pas plutôt remplacée, qu'elle disparut à nos yeux comme un éclair. Cepen- dant, nous approchons de l'habita- tion. En quel endroit est cette fille incomparable ? Hélas ! le lit désigné pour le malade est déjà marqué. Maintenant, elle est dans le jardin, à cueillir des plantes médécinales, pendant que sa mère allume du feu. Elle nous voit : la voici, toute em- pressée ; elle nous aide à le mettre au lit. En peu de temps la blessure du malheureux est nettoyée, et les feuil- les du dictame de l'île sont appli- quées dessus avec toutes les précau- tions possibles.

« Après que notre hôte eut reçu
tous ces secours, et bien d'autres
qu'il est inutile que je nomme ici,
je sortis avec nos deux amans, et
leur demandai si ce malheureux ne
leur avait rien dit sur son état présent. Ils me dirent que si, et voici
comment Zéïr me raconta ce qu'elle
savait :

« Nous promenions tous deux,
Sémil et moi, dans cette allée où
vous nous avez rencontrés, lorsqu'arrivant au bout nous entendîmes une
voix qui paraissait se plaindre ; nous
avançames à l'instant vers le lieu
d'où semblaient partir ces légers soupirs. Alors nous vîmes ce pauvre infortuné, qui se tournait sur son dos
pour aller boire un peu ; car, à ce
qu'il nous dit lui-même, il n'avait
rien pris depuis trois jours. Nous
n'eûmes pas de peine à le croire : sa
voix et sa physionomie, comme vous
avez pu vous en appercevoir, le dé-

montraient assez. Mon Dieu! quelle
heureuse occasion de faire le bien!
dis-je à Sémil; ô mon ami, en plai-
gnant ce malheureux, j'éprouve une
certaine satisfaction de le voir ainsi.
Dès ce moment, je lui découvris sa
plaie, qu'il avait enveloppée de
feuilles; hélas! quand je vis autant
de mal, je pensai presque tomber
par l'impression qu'elle me fit. Cependant, ranimée à la vue des secours que portait Sémil même, je
pris son mouchoir et le mien; j'en
enveloppai les endroits où le mal
paraissait être plus vif, et priai mon
ami de faire le brancard sur lequel
vous avez vu que nous le portions.
Pendant que nous étions ainsi tous
deux occupés, je demandai au souf-
frant comment était-ce qu'il avait
pu rester autant de temps sans rien
prendre? et d'où provenait cette
plaie?—« Hélas! Mademoiselle, me
» dit-il alors, je m'en revenais d'un

» petit voyage, lorsque passant par
» ce lieu, deux malheureux m'ar-
» rêtent et me demandent ce que
» j'ai; je leur donne volontiers tout
» l'or et tout l'argent que je me trou-
» vai dessus. Non content de ce
» sacrifice, ils exigent encore mon
» cheval, seule ressource qu'il me
» restait pour m'en retourner avec
» promptitude. J'hésitai beaucoup;
» je le poussai vers eux pour me
» sauver : et c'est ce qui fit mon
» malheur. Ils me tirèrent deux
» coups de pistolet, qui, par un heu-
» reux effet de la Providence, ne
» m'atteignîrent pourtant que cette
» jambe et ce pied droit; mais les
» coups furent si sensibles, que je
» tombai du cheval à douze pas de
» cette fontaine; pour eux, ils s'en
» emparèrent et disparurent à mes
» yeux. Depuis trois jours de cette
» aventure, je n'ai vu personne, si
» ce n'est vous autres aujourd'hui,

« âmes bienfaisantes, je bénis ce-
» pendant la Providence d'avoir
» fait que ce malheur me soit ar-
» rivé dans ce lieu : car, sans l'eau
» de cette fontaine, dont je me suis
» servi pour rafraîchir ma plaie qui
» s'aggravait de minute en minute,
» et m'a soutenu jusques à présent,
» par le peu que j'en ai bu chaque
» jour; je crois que je serais mort
» de douleur ».

» Pensez alors, continua Zéïr,
combien intérieurement je dus rendre grâce au ciel de trouver un tel
infortuné pour avoir le plaisir de lui
porter tous nos soins; non seulement
je m'intéressais à lui par sa malheureuse position, mais encore par ses
paroles qui m'avaient enchantée. A
peine pouvais-je concevoir qu'un
Turc (car il l'était) pouvait ainsi
prendre son mal sans murmurer
contre ce funeste accident. Mais,
M. l'abbé, ce n'est pas étonnant; il

avait le cœur bon, il paraissait sensible ; et ce qui me le fit encore plus
connaître, c'est qu'en le tirant de
ce lieu qui faisait ainsi son malheur,
il tourna plusieurs fois la tête, et
sembla craindre de quitter la fontaine, dont il avait tiré de si faibles
secours.

» A ces mots, je m'attendris
comme un enfant, et bien que je ne
fusse encore qu'à mon sixième lustre,
et malgré mon état, je sautai au col
de Zéir avec transport ; je collai mes
lèvres sur les siennes de dix - huit
printemps ; et nous tenant étroitement serrés, nous versâmes ainsi
quelques larmes ; elle de pitié, et
moi d'admiration. Sémil, qui ne fut
jamais jaloux, partagea nos transports.

Malheureusement nous n'eûmes
pas le temps d'achever notre ouvrage. Le Turc était de Candie ;
comme il trouva bientôt l'occasion

de faire savoir aux siens son fâcheux
accident, on vint le chercher une
semaine après, temps où il commençait à reprendre ses forces.

» Zéir ne s'était point trompée sur
la bonté de son cœur. En nous quittant il nous témoigna toute la reconnaissance possible, et parut si pé-
nétré de nos soins, que, malgré l'in-
fection de sa plaie, il fit vraiment
regretter son départ. Une chose plus
importante encore, à la fin de cette
histoire, vous le fera mieux connaître.

» Ainsi, les jours de nos amans
s'écoulaient entre le plaisir de s'aimer, celui de s'instruire, et celui de
faire le bien. Cependant déjà plus
de dix mois s'étaient passés depuis
qu'ils se connaissaient ; la femme
d'Effendy me témoigna le désir
qu'elle aurait de voir bientôt célébrer leur mariage. « La pureté de
» leur cœur, me disait-elle un jour,

» la grande sympathie qui règne
» entre eux deux, et plus encore la
» nature qui semble les avoir formés
» l'un pour l'autre, me démontrent
» qu'ils feraient un heureux mé-
» nage; ensuite, c'est le moment
» des passions. Lorsqu'on aime au-
» tant qu'eux, il est difficile de pou-
» voir retenir ce que l'on sent; on
» se parle, on se communique les
» sensations que l'on éprouve, et
» de-là résultent souvent de mauvais
» effets pour la suite : quant à moi,
» je ne sais si je me trompe, mais
» je crois que depuis quelque temps
» ma fille n'est pas aussi tranquille
» qu'autrefois. Lorsque Sémil ar-
» rive, elle l'embrasse avec moins
» de transport, mais d'un air plus
» empressé, plus passionné; je l'ai
» vue même ces jours derniers se
» lever avec l'aurore, visiter les lieux
» où elle va le plus souvent avec son
» amant, s'en revenir ensuite d'un

» air tout mélancolique et tout trou-
» blé. Pour moi, je ne crains rien de
» leur part, je connais leur inno-
» cence; mais pourquoi, lorsqu'on
» peut leur épargner des tourmens,
» ne pas chercher à les leur éviter?
» Au reste, vous le savez, mon bon
» ami, j'approche déjà sur l'âge; à
» tout instant je puis tomber malade;
» et combien ne me serait-il pas
» doux de voir un petit-fils avant de
» mourir, ou plutôt de voir unir
» ces deux enfans! Si cependant
» vous croyez que je me trompe sur
» ce que je vous ai dit de ma fille,
» surveillez-la quelquefois; nous
» en parlerons ensuite à Effendy.
» pour moi je ne vois pas que son
» âge puisse empêcher qu'elle ne se
» marie présentement, et je crois
» qu'à dix-huit ans on est bien ca-
» pable d'être femme ». Son mari
pensait tout autrement, il la trouvait trop jeune; il aurait voulu qu'elle

eût un ou deux ans de plus. Pour
moi, j'étais bien du même avis que
la femme d'Effendy, et je ne trouvais pas mal qu'elle surveillât sa fille,
parce qu'en effet je m'appercevais
que nos deux amans souffraient. Je
crus donc devoir applaudir aux raisons de mon amie, et promis de les
guetter un peu, afin de trouver quelques prétextes certains pour déterminer promptement son époux; cela
ne fut pas très-difficile.

» Un jour qu'ils étaient seuls dans
ce même endroit où je déjeûnais
pour la première fois, ainsi que la
bonne famille, avec Sémile, je m'ap-
prochai par derrière les petits ar-
brisseaux qui entouraient les platanes, et j'entendis ces paroles : O
Zéin! disait notre jeune amant, combien ces lieux doivent m'être chers!
qui m'aurait dit que cet arbre (en
montrant l'arbre où il était monté le
jour qu'il s'écarta dans la vallée de

la Culáte) sur lequel je craignais de
périr, fût, le lendemain de cette
crainte, le premier témoin de ma
félicité. C'est ici que je te vis pour la
première fois, entourée de ton père,
de ta mère, et de ce bon ami qui
nous est si cher, et de qui nous re-
cevons tant de précieux conseils.
Comme dans un profond délire je
savourais tes charmes! que ces yeux,
cette bouche, ces bras, ce sein,
m'enchantaient avec raison ! que
j'aimais à voir ta modestie, à contempler tes moindres mouvemens, et
surtout à t'entendre parler ! mais,
malheureux que j'étais, sans respect
pour ta bonne famille, j'outrageais
la vertu ! j'osai jeter à chaque instant
des regards indiscrets sur tes charmes, et faire baisser tes yeux modestes. Malgré tout, je ne laisse pas
de me rappeler cet heureux moment
sans un souvenir flatteur qui me
transporte, m'agite, aggrave à cha-

que instant le feu de ma flamme. Quel plaisir aussi n'éprouvai-je pas en te voyant, lorsque je te rendis mes premières visites! comme le cœur me battait à ton approche! Novice encore, et te craignant plus que ta mère, je ne t'approchais jamais qu'en tremblant, de peur de te déplaire par quelques transports indiscrets. Tout ce que les ombres de la nuit m'inspiraient de te dire par mon naissant amour, s'échappait de ma mémoire en ta présence. O ciel! comme mon cœur était serré; mille fois j'aurais versé des larmes sur cette honte qui enchaînait ma raison et troublait mes pensées. Ah! Zéir, à présent même que mon cœur devrait être moins craintif, et que je suis plus sûr de ton amour, j'éprouve cette même gêne. Il est certaines choses dont je brûle de te parler, et que cependant je retarde toujours de te dire....

O! ma bien aimée, pourquoi tardons-nous d'instruire ton père de notre violent amour? Si tu sentais ce que je sens, pourrions-nous rester un moment sans être unis........ Ah! cruel, dit Zéir, en lui prenant la main avec transport, et se levant aussitôt, ignore-tu si je le sens?... Tu n'es que trop instruit que c'est le contraire...... ces lieux me sont aussi chers, mais plus dangereux qu'à toi..... Là-dessus elle l'entraîne avec elle, et je les vis, non sans quelque plaisir, retourner du côté de l'habitation.

» Vous sentez, mes bons amis, que cette seule circonstance suffisait pour me faire connaître leur état, et combien il était dangereux de les laisser aller seuls. Une autre aventure vint bientôt à l'appui de celle-ci pour me servir, et confirmer les doutes de mon amie. Zéir était d'habitude, dans les grandes chaleurs,

d'aller se baigner avec sa mère. Derrière la grande allée de platane dont
je viens de vous parler, on voit un
bois très-épais : dans le milieu de ce
bois était un vaste étang dont l'eau
fut toujours très - claire, et bien
propre à se laver. C'est-là que venaient prendre le bain ces deux
femmes incomparables. Le lendemain de mon indiscrétion, mais que
les devoirs de vertus et d'amitié m'a-
vaient inspirée, Zéir fut se baigner
seule. Comme ces lieux étaient peu
fréquentés, et qu'il s'écoulait des années entières sans que personne y
vînt, sa mère ne l'empêchait point
quelquefois d'y aller sans elle. Le
hasard, ou plutôt le ciel qui lit mieux
que nous dans l'avenir, y conduisit
Sémil pendant qu'elle y était. Vous
sentez combien il fut pénible à notre
amant de la voir dans cette position,
puisque la décence ne lui permettait
pas de l'approcher, ni même de lui

parler. Il éprouva ce qu'il est presque
impossible de ne pas sentir à son âge
dans une pareille occasion : mais la
religion qu'il aimait, la vertu qu'il
respectait, tout cela lui faisant un
devoir de fuir ; ce vertueux jeune
homme eut la force de s'en retourner
sans même lui dire un mot. Comme
la lettre qu'il écrivit le même jour à
Zéir est plus capable de vous peindre
ce qu'il éprouva, que tout ce que
je pourrais vous dire, je vais vous
la rapporter.

« Ne pouvant te voir d'aujour-
» d'hui, ma bonne amie, c'est pour
» cela que je t'écris. D'abord, ne te
» chagrine point, en voici les rai-
» sons : Tu connais la faiblesse de
» mon père ainsi que de ma mère ;
» ces deux bons vieux, que tu vé-
» nères autant que tes parens, avaient
» fixé depuis long-temps le jour où
» nous sommes pour faire quelques
» nouvelles plantations dans notre

» jardin ; pense , ma Zéir , si je pou-
» vais consentir qu'ils les fissent seuls.
» Cependant hier je ne t'en dis rien ;
» ne doutant pas que je ne pusse
» venir te voir, voici comment j'avais
» pensé le faire : Je me proposais de
» me trouver chez tes parens au le-
» ver du soleil, converser une heure
» avec toi, et m'en retourner ensuite
» promptement ; c'est aussi ce que
» j'ai tenté ce matin. Je suis allé
» jusque près des lieux qui jouissent
» toujours de ta présence ; je t'ai vue
» et m'en suis retourné , voyant
» l'impossibilité où j'étais de pouvoir
» te parler. Ah !.... petite méchante ;
» tu vas sans doute ici t'écrier : quoi!
» vous êtes venu , et vous n'avez pu
» me voir ? Non, belle Zéir, non, la
» bien aimée de mon cœur, ce n'est
» pas là un prétexte, et vous allez
» en juger.

» Je me suis éveillé ce matin avant
» le jour pour exécuter mon dessein :

» au soleil levant j'approchais de
» votre habitation ; pour arriver
» plus vîte, je pris une direction
» contraire à mon chemin ordinaire :
» sans le savoir , je me trouvai
» bientôt sous le petit bois qui se voit
» derrière votre allée des grands
» platanes. Comme j'apperçus de
« loin le cristal du vaste étang qu'il
» entoure, et que je pensai qu'il était
» encore trop matin pour aller frap-
» per chez vous, j'y passai auprès
» afin de voir l'endroit où ma Zéir
» allait si souvent porter ses pas avec
» sa respectable mère. Je n'eus pas
» plutôt percé l'épais feuillage qui
» rend ce lieu si désert, si solitaire ,
» que..... O ciel ! où suis-je ?...... Je
» m'arrête à l'instant, et je me dis :
» Quelle est cette jeune beauté que
» j'apperçois sur le bord de ce lac ?
» est-ce une rivale de Zéir ? Mais si
» c'est une de ses rivales, ce n'est
» donc point une mortelle : c'est

» quelque divinité de l'empire cé-
» leste. Toutefois, approchons-nous;
» examinons un peu mieux : ah ! quel
» tressaillement la saisit; elle a honte
» de contempler ses charmes. D'un
» regard baissé, immobile et mo-
» deste, elle s'avance sur les bords de
» l'onde ; elle va les confier à son
» eau limpide : hâtons-nous de la
» voir : approchons encore. O quelle
» beauté céleste ! quels charmes ra-
» vissans ! que d'harmonie dans toute
» sa personne ! comme sa structure
» est admirable ! quel modeste vi-
» sage, quels bras voluptueux ! que
» les aimables contours de ce sein
» sont enchanteurs ! quelle taille
» bien prise ! quels.... Mais où sont
» mes esprits ? que fais-je en ce mo-
» ment ? qui me trouble, qui m'a-
» gite ?.... quel transport me saisit ?
» quel tressaillement j'éprouve!......
» Ah ! c'est Zéir ! c'est la bien aimée
» de mon cœur ! c'est la moitié de

» moi-même! courons, volons nous
» jeter entre ses bras : voici le mo-
» ment de..... Mais, qui m'égare ?
» malheureux ! j'outrage double-
» ment la vertu.... Qui! moi!... j'ose-
» rais.... respectons un lieu si sacré :
» c'est assez combattre..... fuyons.....
» fuyons....

« A l'instant, je quittai ces lieux,
« adorable Zéir, sans oser vous
« adresser une seule parole, ni même
« vous jetter un gage qui pût être
« témoin de ma courte félicité. Je
« m'en fus aussi promptement que
« j'étais venu ; mais emportant tou-
« jours avec moi la douce et cruelle
« image de mon amie dans le bain.
« Au nom de la vertu, du chaste
« amour et de l'amitié, Zéir, n'y re-
« tournez plus ainsi seule ; que votre
« mère soit toujours avec vous, tant
« pour notre honheur commun, que
« pour celui de nos parens, de ces
« parens si bons, si vénérables, et

« qu'il serait si barbare d'offenser
« par la plus légère faute. Ne m'al-
« léguez point la force de votre
« vertu ; je connais votre cœur, je
« sais tout ce qu'il est, je sens plus
« que personne combien même votre
« âme a quelque chose de céleste ;
« mais ma chère, et ma très-adorable
« Zéir, je sais aussi quelle est votre
« grande sensibilité..... la force de
« votre imagination.... Ah ! la bien
« aimée de mon cœur ! ne nous dis-
« simulons pas, avouez-le franche-
« ment, malgré toute notre vertu,
« tu sens comme moi notre faiblesse,
« tu sens qu'un seul moment de
« tête- a-tête, une seule minute, où
« des souvenirs touchans s'empa-
« reront de nos esprits, peut nous
« égarer tous deux, et nous... Oh ! le
« ciel est témoin si c'est plutôt pour
« offenser la vertu ; que pour notre
« bonheur commun, que je dis tout
« cela !

    « Adieu, ma bonne amie ! adieu

« le plus digne objet de mon cœur !
« montre cette lettre à ta vénérable
« mère : fais-la lui voir, ne crains
« rien ; et , malgré que la peinture
« du bain peigne avec un peu trop
« de feu mes transports, montre-la
« lui toujours : tu sais encore plus
« que moi combien elle est digne
« de cette confiance : qu'elle con-
« naisse par-là la position de nos
« cœurs, la force de notre amour,
« et l'ardeur de nos desirs.

    « Ah! douce Zéir, quand serons-
« nous unis pour la vie ? Quand at-
« tachées par des nœuds indissolu-
« bles, nos âmes ne craindront plus
« de s'épancher l'une dans l'autre,
« et pourront jouir sans offense de
« nos doux sentimens; et satisfaire,
« dans les bras l'un de l'autre, les
« feux brûlans qui les consument.

    Ce 5e. jour de la lune, 1722.

          SÉMIL.

P. S. « Comme la moitié de la
« journée est déjà passée, et que

« nous n'avons pas encore com-
« mencé nos plantations, je doute
« que nous puissions finir ce soir, et
« que, parconséquent, je puisse
« t'aller trouver demain; au reste,
» je te l'avoue, je serais bien con-
« tent d'apprendre, par toi-même,
« l'effet qu'aura produit cette lettre
« sur l'esprit de ta mère. Veuille
« donc, ma bonne amie, me l'écrire;
« je n'ai qu'une lettre de toi : que je
« puisse au moins en avoir deux.

    « Je te dirai par la même occa-
« sion, que notre petite patrie n'est
« pas tranquille : qu'il y a division
« entre les jeunes gens et les vieil-
« lards; et que cependant les Turcs
« s'avancent avec précipitation pour
« assiéger nos montagnes; pour moi,
« je n'ai pas besoin de te le dire,
« le parti que prendra mon père
« sera celui que je prendrai; mais,
« ne crains rien pour nous, ils sont
« encore bien loin de nos portes ».

« Ce que Sémil dit ici, mes bons
amis, en parlant des Turcs, est véritable : en ce moment même, ils
accusaient sa patrie d'avoir voulu
livrer l'île à leurs ennemis, et fait un
traité avec des navires Moscovites,
abordés à son méridional.

'« Vous sentez qu'une fois la lettre
de Sémil entre nos mains, nous
n'eûmes pas besoin, pour prouver
combien il serait sage de marier
nos deux amans, de parler de ce
que j'avais vu s'être passé entre eux.
En effet, dès qu'Hassan Effendy fut
instruit de cette lettre, cet homme
que ne quittaient jamais la saine raison et la droite justice, connut bientôt
avoir été peu raisonnable de vouloir retarder leur hymen sur d'aussi
légers prétextes que ceux dont je
vous ai parlé : aussi, convint-il qu'il
fallait s'y préparer promptement,
et permit-il à sa fille de pouvoir
répondre à son ami : Voici la

4

lettre que cette tendre amante lui
adressa :

    « J'ai baisé cent fois, mon bon
» ami, la lettre que tu m'as écrite.
» O qu'elle est admirable ! qu'en sur-
» prenant mon cœur, elle lui fait
» éprouver de douces jouissances !
» comme j'y retrouve bien les sen-
» timens que j'avais de celui qui
» partage ma flamme!...Viens le bien
» aimé de mon cœur! viens demain,
» pour un baiser, recevoir le prix
» de ta discrétion. J'ai fait voir notre
» lettre à maman, comme vous avez
» paru le désirer. Cette femme ado-
» rable, et qui vous aime autant que
» moi, ne l'a pas vue sans quelques
» plaisirs ; elle admire la conduite
» que vous avez tenue, les conseils
» que vous me donnez, mais elle
» trouve beaucoup trop libre la des-
» cription du bain. Pour moi, qui ne
» suis pas aussi indulgente, je me
» fâcherais volontiers de tout, à l'ex-

» ception de la manière dont vous
» avez agi. Quoi! dirai-je, pousser
» la digression si loin! Et ne saviez-
» vous pas que c'était peu respecter
» une amante, que de lui faire une
» si vive peinture de sa personne,
» lors même qu'il y aurait de la réa-
» lité? Mais je ne veux plus m'é-
» tendre la-dessus : il faut vous ré-
» primander sur un objet plus grave
» encore.

« Me croyez - vous donc aussi
» faible pour m'être laissée aller à
» l'impulsion du crime? Non, non,
» mon ami, désabusez-vous : jamais
» votre amante n'aurait succombé,
» ni ne succombera : elle connaît
» trop bien ses devoirs; et si elle
» pensait un moment trouver dans
» vos paroles autre chose que de la
» faiblesse, vous pourriez chercher
» ailleurs une autre amante. Son
» cœur serait inexorable. En effet,
» mon bon ami, ne reconnaissez-

» vous, pas maintenant combien un
» tel aveu devait offenser mon cœur?
» et ne saviez-vous pas, par ma propre
» bouche, qu'une fille qui s'est
» laissée gagner, était à mes yeux
» une fille dépravée. O mon Dieu!
» quoi? moi, j'aurais bravé toutes les
» saintes lois de de la religion que
» je fais vœu de pratiquer? Que se-
» rait devenue la vertu dont je suis
» si fière? Pourquoi trouverais - je
» alors tant de charmes à faire le
» bien? Pourquoi, consolant ce mal-
» heureux, ne l'excitai-je à l'amour
» de la religion, que pour moi-
» même être l'exemple du mal-
» faire? Est-ce donc pour tout per-
» dre en un instant?... Vertu, pitié,
» honneur, parens, ne mériteriez-
» vous plus mes respects?... Non,
» non, jamais une telle pensée n'en-
» trera dans mon âme. Si je devais
» un jour enfreindre.... Eternel, qui
» connais combien mon cœur y

» prendrait peu de part, tranche
» aujourd'hui ma destinée! ne re-
» tiens plus ton glaive vengeur : que
» je le voie, le sente, périsse, mais
» sois sauvée.

» Cependant, mon bon ami, que
» je n'épouvante pas vos esprits par
» de sinistres pensées. Nous sommes
» plus heureux que nous ne le mé-
» ritons. Il faut que votre lettre ait
» été vue de mon père ; il ne me
» trouve plus trop jeune pour vous
» être unie, et m'a permis de vous
» apprendre, à vous, ainsi qu'à vos
» parens, que notre mariage se con-
» tracterait sous peu.

« Adieu, le bien aimé de mon
» cœur! adieu, mon amant, mon
» époux !.... car, je ne sais plus com-
» ment t'appeler. Trois mariages se
» feront en même temps que le
» nôtre. Maman qui veut faire une
» grande fête, et qui ne cherche ja-
» mais que l'occasion de faire le

» bien, offre une dot aux trois filles
» les plus sages qui sont dans nos
» familles voisines, et qui n'étaient
» retenues dans le célibat que
» faute de moyens. Ah! mon ami,
» qu'avec plaisir je vais voir ce jour!
» comme j'aspire à cet heureux
» moment! Alors, tout nous sera
» permis; alors, bénis par la main
» de Dieu même, nos cœurs pour-
» ront aisément s'épencher l'un dans
» l'autre, se communiquer leur plus
» doux sentimens, et donner essor
» à ce feu que lui-même allume en
» eux pour la conservation de son
» plus bel ouvrage.

« Mais je ne sais quel sinistre pré-
» sage me tourmente. Je n'ai pu dor-
» mir cette nuit; je ne serai pas tran-
» quille que je ne vous aie vu : viens
» donc, mon ami, viens demain, si
» tu veux épargner des larmes à
» ton amante, à ta future épouse».

Le 6e. jour de la lune 1782.

ZÉIR (*née* Hassan-Effendi).

« Il ne faut pas vous étonner, mes bons amis, si j'ai pu vous rapporter ces lettres : quoique plus de 70 ans se soient écoulés depuis cette époque, je me les rappelle aussi bien que si c'était de ces jours passés. Ce n'est pas si difficile à croire ; il est très-reconnu que les choses qui frappent bien notre imagination, s'y gravent aisément et ne s'en effacent jamais.

« D'autres que moi se seraient peut-être exemptés de vous rapporter ces lettres, à cause de votre extrême jeunesse. C'est cependant ce que je n'ai pas cru devoir faire, d'abord, par ce qu'elles nous apprennent à mieux connaître nos deux amans; ensuite par ce qu'elles sont dans l'ordre de la nature, et que si vous vous trouviez dans le même cas où elles présentent leurs auteurs, vous ne ferez pas le plus mal de les suivre.

» Mais, chers amis, pourquoi tarder
à vous annoncer les plaisirs qui
se ressentent à l'entour de notre
chaumière. Quelle heureuse perspective s'offre devant moi! que de
cris de joie j'entends de tous côtés!
que de familles contentes et joyeu-
ses!... Troupe sainte de David, luths
sacrés, montez vos cordes; faites re-
tentir les échos de vos sons harmonieux; chantez, célébrez ces futurs
hyménées. Comme tout paraît s'em-
bellir maintenant! le Temps, ce
vieillard au front chauve et ridé, me
montre un visage plus frais et plus
gai que de coutume; la nature veut
sourire et semble parfumer sa robe
empourprée; notre ciel est plus serein et plus bleu qu'à l'ordinaire;
Zéphir souffle avec plus de modé-
ration et semble ajouter au prix des
fleurs, en les rendant plus odoriférantes! Les oiseaux, ah! les oiseaux
partagent aussi nos plaisirs : leur

chant est plus jovial, plus harmonieux, et moins mélancolique que
naguère; le ruisseau plus limpide
et son murmure plus doux; le feuillage plus verd et moins agité. Tout
est enchanteur! Toute la nature est
enflammée d'un innocent délire, et
transporte et ravit notre âme. Honneur, gloire, plaisir à cet heureux
moment! puisse-t-il habiter longtemps la chaumière; puisse-t-il ne
jamais nous quitter »!

Ici, Madame, le père de C.... s'arrête subitement et comme frappé
d'un coup de foudre, paraissant
passer de l'excès de la joie aux plus
cruels souvenirs : nous sentons qu'il
veut faire des efforts pour reprendre
la parole, mais il ne le peut; nous
le voyons tourner la tête, essayer
vainement de repousser le trait qui
semble avoir atteint son âme, pen-
cher sa tête sur sa poitrine, et se
trouver contraint de s'arrêter pour

donner un libre cours aux larmes
qui l'oppressaient.

Pour nous, Madame, voyant son
grand trouble et l'affliction de son
cœur, malgré tous les desirs que
nous avions de voir continuer l'histoire, nous le pressâmes de se lever,
de venir faire un tour, et nous ren-
trâmes ensuite dans le château, sans
qu'il n'en fût plus parlé de ce soir-là.

~~~~~~

LETTRE QUATRIÈME.

DEUXIEME PROMENADE DU MATIN.

La Mer.

Le jour commence à poindre,
Madame, et mes yeux s'ouvrent à
la lumière. «Jules, Jules, mon cher
» Jules! levons - nous, m'écirai-je
» à l'instant : aussitôt il s'éveille et
» me dit :

» Mon bon ami, n'as-tu pas en-
» tendu cette nuit le bruit du ton-
» nerre se déchaîner sur nos têtes ;
» les vents pousser d'horribles siffle-
» mens, et des torrens de pluies tom-
» ber en abondance ? Je ne pourrais
» pas t'assurer, lui dis-je, si ton
» doute est véritable, mais suivant
» ce que je peux me rappeler, je

» crois qu'effectivement.....» J'allais
continuer, lorsque tout-à-coup le
bon père de C.... entrouvrit la porte
de la chambre où nous étions. Aussitôt nous lui sautâmes au col, l'embrassâmes avec transport, et sans
rien dire encore, dirigeâmes nos pas
vers le côté de la mer qui mouille
les murs du château.

Il paraît, Madame, que M. Jules
ne s'était pas trompé. Une tempête
furieuse semble avoir fait sentir ses
ravages sur tout ce que nous voyons.
Plusieurs des arbres qui bordent la
plage où nous sommes maintenant,
ont les branches à moitié rompues ;
le courant de l'eau est beaucoup plus
agité qu'à l'ordinaire ; ses lames,
bouillonnantes d'écumes, viennent
se jeter, avec fracas, sur les pointes
des rochers dispersés çà et là ; elles
répandent un bruit si grand et si
sourd, qu'on sent la nécessité d'être
plusieurs pour pouvoir en supporter

la vue : des mâts rompus de certains navires à l'ancre, vis-à-vis l'endroit où nous sommes, nous annoncent aussi ses désastres. Les vents soufflent avec fracas; le soleil ne paraît pas encore, mais l'horizon est assez clair ; les nuages semblent voler, et roulent dans la voûte céleste avec plus de rapidité que ne pourrait faire le char de Phaëton, traîné par les quatre chevaux du Soleil. Plus nous les fixons attentivement, et plus nous y croyons voir de différentes merveilles.

Malgré, Madame, que l'âme se plaise assez dans la contemplation de toutes ces choses; comme ces lieux sont extrêmement déserts, et que le sifflement des vents et le bruit des arbres semblent même en augmenter le silence, l'imagination ne peut guère s'égarer sur ces bords. Ces lieux font couler une empreinte de tristesse dans le cœur, qui lui

ravit bientôt tous sentimens de jouissances et le force à les quitter.

Quant au père de C.... ça lui devient indifférent; il semble que ce
bruyant silence lui plaise. Plusieurs
fois nous l'avons trouvé seul à rêver
sur ces bords, assis au sommet d'un
rocher.

Maintenant même que ces lieux
sont plus tristes à cause du temps
qu'il fait, il va nous conduire sur un
qu'il appelle communément *son
chéri*.

La pointe de ce rocher, Madame,
s'avance à plus de quinze pieds en
avant de la mer : c'est tout à fait sur
son faîte, couvert d'une verte mousse,
d'un frais gazon, et de quelques
arbres épars çà et là, que nous allons
nous asseoir.

Je laisse pour une autre fois à vous
décrire les beautés qu'il offre à la
vue, et passe rapidement au récit de

notre histoire, car je vois que le père
de C.... va le continuer.

« Pouvons-nous jamais, mes bons
amis, nous promettre des jouissances
au-delà du terme où nous parlons ?
C'est en vain qu'une perspective
heureuse se plaît quelquefois d'é-,
garer au loin notre imagination, et
nous offre presque partout des plaisirs ; si les volontés de celui qui fait
notre destinée ne sont pas telles, ou
ne sont pas encore accomplies, nous
ne faisons qu'accroître nos maux sans
les faire changer. Ce fût là, sans
doute, la position présente de nos
deux amans.

» Quels souvenirs se présentent
à ma mémoire ! comme les temps
sont changés ! félicité, joie de la chaumière, fête enchanteresse, hymen
des plus tendres époux, amans,
heureuse et paisible amitié, espérances sans bornes, où vous trouver
désormais ? pourquoi nous quitter

sitôt? que notre illusion ne dure-t-elle pas encore?

» Ah! où suis-je? dans la maison du bonheur et des plus douces jouissances, ou dans le cachot de la tristesse où l'on est sans consolation, et où l'on n'entend que des sanglots?

» Voilà, mes amis, la position présente de notre aimable famille. Transports d'allégresse, souvenirs flatteurs, aimables projets, charmantes et douces occupations qui n'avaient point de fin, tout à fui présentement de la chaumière; une sinistre nouvelle en a banni pour jamais le bonheur, et ne laisse plus qu'un faible espoir.

» La crainte que Zéir parut avoir en écrivant à Sémil ne fut pas sans raison. Le lendemain de sa lettre ne l'ayant pas vu venir, elle fut triste tout le soir; sa mère eut même beaucoup de peine à la faire coucher.

» Elle passa la plus affreuse des

nuits. Elle ne dormit pas du tout, ou plutôt, le peu de temps qu'elle s'assoupit ne servit qu'à aigrir sa douleur, en offrant à son imagination le spectacle le plus lamentable.

» Voici comment nous l'avons su :

» Sa mère, le matin, l'avait entendue parler et se débattre ; dès qu'elle fut levée elle accourt à son lit. Comme elle paraissait avoir été très-affligée et qu'elle avait les cheveux en désordre et les yeux enflés de pleurs, elle voulut en savoir la cause ; voici comme Zéir lui parla :

« O ma mère ! ô mon unique amie !
» pourquoi, non contente d'affliger
» mon âme, veux-tu que ta fille force
» la tienne à partager la crainte qui
» la déchire. Va, laisse-moi ; que,
» seule, je supporte mes maux......
» que si les fantômes de l'imagina-
» tion qui me poursuivent sont des
» êtres imaginaires, je concentre en

» moi ma douleur, et n'en laisse rien
» sortir au dehors ».

« En achevant ces mots elle re-
tomba sur son chevet, et ne voulut
rien dire de plus.

« Ah! ma fille! dit alors mon amie,
» je vois bien ce qui te poursuit; ce
» sont des songes.... hélas! ne veux-
» tu jamais être raisonnable. Ne sais-
» tu pas que c'est toujours là le fruit
» des fausses rêveries de notre ima-
» gination? Je sais que quelquefois
» il peut s'en trouver de réels, mais
» le plus souvent doit-on s'y fier?
» Ah! dit Zéir, celui que je viens
» d'avoir m'a trop frappée pour qu'il
» n'ait pas de réalité. — Voilà comme
» tu es, ma bonne enfant, reprit sa
» mère : ta faiblesse ou la sensibilité
» de ton cœur te fait tout croire, et ta
» raison tout rejetter. Mais, n'im-
» porte : dis-moi donc ce que c'est
» que ce songe? Pourquoi veux-tu
» le cacher à ta mère »?

» La femme d'Effendy prononça ces
dernières paroles avec tant de douceur, qu'enfin elles contraignîrent
Zéir à lui faire l'explication de son
songe; voici comme celle-ci la lui
rapporta :

« Je venais à peine de m'assoupir,
» dit-elle, que j'entends du bruit:
» il me paraît partir de dehors et j'y
» cours. Il me semble que je suis
» devant la porte de la maison de
» Sémil : de toutes les choses que je
» distingue entre une foule de Turcs,
» c'est mon ami, combattant contre
» trois; il paraissait tout en désordre;
» il avait l'air furieux et colère, et
» la moitié de la cuisse teinte de sang.
» Cependant il redoublait de porter
» des coups contre ses adversaires
» qui le pressent de se rendre. Le
» combat s'échauffe, s'anime da-
» vantage, et je vois des éclairs de
» feu sortir, de part et d'autre, de
» leurs épées. A l'instant je me jette

» entre Sémil et les trois turcs, en
» les conjurant , avec des cris plain-
» tifs , de ne plus se battre. Un d'eux
» ne m'écoute point, et me donne
» une poussée pour me faire mettre
» par côté ; je ne sais pas si mon ami
» le vit, mais à l'instant il tombe
» mort à mes pieds. Offensé, sans
» doute, de ce trait de bravoure, les
» deux autres s'avancent sur lui : l'un
» et l'autre sont furieux ; leurs épées
» se croisent ; celle de Sémil éclate
» et se rompt. A l'instant mes deux
» turcs lui sautent dessus, et l'a-
» mènent comme un prisonnier ;
» pour moi, je crie, je l'appelle mon
» époux, et fais tous mes efforts pour
» l'arracher de leurs bras. Voilà mon
» songe, adorable mère ! je m'éveille
» en ce moment trempée comme si
» j'eusse sorti du bain, me débat-
» tant avec moi même sur mon séant,
» appelant Sémil, et paraissant en-
» core avoir besoin de la grande

» obscurité de ma chambre pour
» reconnaître que j'étais dans mon
» lit. Pense-tu qu'un songe de cette
» nature ne puisse pas être la réalité
» même ? Ah ! je le sens, il m'a trop
» fait impression, pour qu'il ne se
» soit pas passé quelque chose de
» semblable. Les Turcs.... ils sont
» cruels.... s'ils se sont avancés.... tu
» sais ce qu'a dit Sémil dans le *post-*
» *scriptum* de sa lettre. Vas, je ne
» me console pas ; je ne prends rien
» que je ne sache de ses nouvelles ».

» Ce fut bien vainement que mon
amie voulut chercher à détruire l'impression que ce rêve avait fait sur
sa fille ; tout ce qu'elle dit ne servait
qu'à aigrir son mal, et la confirmer
davantage sur ses doutes.

» C'était la nuit même du jour où
je devais me rendre à l'habitation,
que Zéir avait fait ce songe.

» Dès que je fus arrivé, la femme
d'Effendy m'en parla. Pour son

époux, il s'en riait, et se moquait de l'affliction de Zéir ; moi qui réfléchis un peu plus, je ne fus pas de même : sans croire au songe, j'y crus voir de la vraisemblance ; il me frappa d'autant plus, qu'il avait beaucoup de rapport entre la position présente des Sphachiotes et des Turcs, qui, comme je vous l'ai dit hier, les accusaient de certaines choses dont ils n'étaient pas capables, pour trouver le prétexte de leur déclarer la guerre.

» La pâleur de Zéir, son abattement, la certitude avec laquelle elle semblait y croire, raffermit encore plus mon doute ; et, sans penser que ce fut vrai, je m'offris d'aller moi-même chez les parens de Sémil, et priai notre amante de se consoler.

» Là-dessus elle me prit la main droite, me la pressa entre les siennes et me dit : « Ah ! M. l'abbé, si jamais » vous me fîtes quelque plaisir, en

» est-il qui puisse égaler celui que
» vous allez me procurer en exécu-
» tant cette proposition. »

» Je ne devais donc pas tarder à
me rendre chez les parens de Sémil,
puisque Zéir en paraissait si contente ; aussi partis-je avec Agélas dès
que nous eûmes dîné. A peine fûmes-
nous arrivés sur les monts, que nous
nous précipitâmes dans la campagne
pour voler vers l'habitation des pères
de notre jeune Sphachiote. En en-
trant dans la basse-cour de la maison,
nous rencontrâmes un petit enfant
qui paraissait s'essuyer les yeux ; je
m'arrêtai alors pour le caresser et
lui demander la cause de ses pleurs.
« Hélas ! me dit-il, ma tante est malade ». Je compris ici que quelque
chose de fâcheux venait de survenir
au mari de cette dernière, et que ce
devait être un petit cousin de Sémil.
Sans lui parler davantage, nous
nous avançons vers la maison. A la

porte était un esclave debout, ayant
les bras croisés, l'air pensif, et paraissant ne pas partir les yeux de
dessus l'enfant. Nous le priâmes de
nous faire parler au père de Sémil.
Laissant tomber une larme sur ses
mains : « Mon maître n'est plus ici,
» nous dit-il » : et sans paraître pouvoir dire autre chose, il nous con-
duit dans la chambre de sa maîtresse
et s'en retourne aussitôt. A peine y
fûmes-nous entrés, que nous voyons
une femme d'une quarantaine d'années en consoler une autre un peu
plus âgée et noyée dans les larmes :
cette dernière était au lit. Nous la
reconnûmes bientôt pour la mère de
Sémil, consolée par sa propre sœur.
Quelle position ! A ce spectacle,
Agélas et moi ne sûmes que dire. Je
voulus m'élancer pour embrasser
cette épouse estimable que j'avais
déjà vue trois ou quatre fois chez
notre bonne famille , mais j'y fus

retenu par un mouvement secret ; il
parut que mon compagnon était dans
le même trouble. Raffermissant un
peu ma surprise, j'étais à même de
vouloir m'informer de Sémil et de
son père, lorsque j'entendis un cri
plaintif; puis elle nous adressa ces
mots : « Ah! mes amis, vous venez
» pour savoir des nouvelles de mon
» fils? Hélas!.... la nuit dernière....
» les Turcs..... ces barbares..... Que
» dis-je? j'offense peut-être mon
» Dieu.... »

» A l'instant elle tend les bras,
soupire, ferme l'œil, tourne la tête,
et, la bouche entr'ouverte, tombe
évanouie sur le chevet de son lit :
pour moi, mes bons amis, je peux
bien vous assurer que je la crus
morte, dès que je la vis en cet état.
Elle paraissait si languissante, si pâle,
si défaite, qu'à peine pouvais-je
croire que ce fût elle. Sa sœur me
dit cependant de ne pas trop nous

5

en affliger, que c'était la troisième
ois qu'elle se trouvait ainsi, et que
ce serait peu de chose. Nous lui donnâmes tous les secours relatifs à son
état; quoique nous ne pûmes nous
rendre très-utiles, parce que sa sœur
avait à sa portée tout ce qu'il lui fallait
pour la soigner. Au bout d'un quart-
d'heure elle revint un peu, mais
c'était pour s'assoupir. Nous ne voulûmes pas troubler ce demi-sommeil;
nous en fûmes même contens; et,
pour éviter de la rappeler à sa douleur lorsqu'elle fut un peu revenue
de son mal-aise, nous ne parûmes
pas devant son lit.

» Pendant que nous attendions
qu'elle se fût assoupie, afin de pouvoir plus aisément demander la cause
de son mal à la tante de Sémil, vous
ne devez pas douter de combien de
pensées et de mauvais doutes mon
âme était occupée; le songe de Zéir
s'offrait sans cesse à ma mémoire:

voyant toutes ces choses, je ne doutai plus qu'il n'eût quelque réalité. Mais ce qui me surprenait le plus et que je ne pouvais comprendre, c'était de ne pas avoir trouvé le père de Sémil.

» Après un petit quart-d'heure d'attente, cependant elle s'assoupit assez pour nous laisser parler à notre aise. Alors je demandai à sa sœur d'où venait la cause de ce mal. »

« Hélas! me dit cette bonne femme,
» vous ne savez donc pas ce qui s'est
» passé? Comment! vous ignorez
» que les Turcs sont venus la nuit
» dernière assiéger nos monts; il est
» vrai, continua-t-elle, cela s'est
» fait si promptement.... Les traîtres
» ont marché avec tant de dili-
» gence.... oui, avant hier soir, pour
» notre malheur, nous apprîmes
» qu'ils avaient gravi la première
» chaîne des montagnes; aussitôt le
» conseil de notre république s'as-

» sembla. Comme les jeunes gens
» ne pouvaient s'accorder avec les
» vieillards, ces derniers s'attrou-
» pèrent et prirent les armes, me-
» nant avec eux ceux de leurs enfans
» qui voulaient les suivre. Le père
» de Sémil, de concert avec le sien,
» fut un des premiers de la troupe.
» Vous connaissez son amour pour
» la patrie; malgré sa vieillesse il
» s'était mis à la tête de quelques
» esclaves, et son fils à ses côtés; ce
» fut lui qui repoussa le plus l'en-
» nemi. Ceux-ci qui, l'on ne sait
» comment, ni par quelle ruse, s'é-
» taient très-avancés sur la seconde
» chaîne, combattirent avec force.
» La victoire fut long-temps dou-
» teuse, et si nos jeunes gens eussent
» voulu les seconder, nous nous ren-
» dions bien vîte vainqueurs. Mais
» comme ils étaient en grande quan-
» tité, et que nos vieillards étaient
» peu nombreux, après une longue

» attaque, beaucoup de sang ré-
» pandu, ils eurent l'avantage.

» C'est ce malheureux combat qui
» fait tous nos malheurs, et cause
» les maux dont ma sœur est affligée.
» Après s'être intrépidement battus,
» se voyant sans ressource, puisqu'ils
» furent enveloppés de tous les côtés,
» le reste des combattans fut obligé
» de se rendre. Sémil et son père,
» à qui une trop longue défense avait
» ôté toutes les forces, furent de ce
» nombre. Ils sont donc prisonniers
» de nos ennemis! Cette pensée est
» effrayante.... Hélas! eh qui pour-
» rait la supporter sans douleur et
» sans regret » !

» En disant ces mots, elle penche
sa tête sur son sein, et son mouchoir
fut bientôt inondé de ses pleurs.

» La peine de savoir que nos amies
étaient en une si cruelle position,
les larmes de cette femme estimable; tout concourut à nous attendrir:

et Agélas et moi ne pûmes nous empêcher de pleurer.

Revenus enfin de cette scène
d'attendrissement, je voulus ques-
tionner la tante de Sémil. Je lui demandai quel était l'état présent des
deux partis , et s'il ne s'était pas fait un
accommodement. Hélas! me dit-elle,
que nous en sommes éloignés! « Hier
» ces malheureux achevèrent d'es-
» calader nos monts et nous soumi-
» rent entièrement. Ainsi , pensez
» combien nous devons espérer de
» revoir Sémil et son père. » — « Oh!
» lui dis-je , madame, quelle néces-
» sité de se chagriner ainsi, et se
» forger des maux avant qu'on ne
» les ait. Pour moi de quelle ma-
» nière que tournent les choses,
» j'ose vous assurer que nous les re-
» verrons. Vous le savez, comme
» plus d'âge vous avez sans doute
» plus d'expérience; Dieu n'aban-
» donne jamais ses enfans. Le mari

» de votre sœur et son fils, sont deux
» hommes trop vertueux pour qu'il
» ne nous suggère pas les moyens de
» les sortir de là. »

« La fin de cette histoire, mes
amis, vous apprendra que je ne me
trompais pas. Mais ce temps était
encore éloigné.

» Cependant je continuai de ques-
tionner la tante de Sémil, et je lui
demandai si les ennemis avaient fait
partir les prisonniers, ou s'ils les
avaient à leur camp. Elle me dit
qu'elle ne le savait pas bien encore;
mais que deux différentes personnes donnaient pour certain qu'on
les avait envoyés à la Cannée. Je fus
cruellement affligé de cette nouvelle, car Agélas et moi pensions
déjà, saisissant ce moment, voir,
ou nous faire rendre nos prisonniers.
Cependant nous crûmes qu'il serait
sage de s'en mieux assurer. Pour

cela faire, il fut résolu que nous res-
terions cette nuit.

» La mère de Sémil s'éveilla bientôt après notre entretien. Sa sœur
lui communiqua tout ce qu'elle avait
dit et tout ce que nous pensions faire.
Elle approuva notre intention, voulut que je lui parlasse ; et quelque
tems après, me serrant étroitement:
« Ah! monsieur, me dit-elle, je recon-
» nais toute la bonté de votre cœur,
» et vois en vous toute la tendresse
» d'un ami. Faites ce que vous vou-
» drez ; agissez comme vous le trou-
» verez à propos ; mais dumoins
» n'abandonnez pas votre amie,
» avant qu'elle sache au sûr ce que
» sont devenus son époux et son
» fils ».

Immobile, surpris de trouver en
elle de si douces paroles, et versant
des larmes d'attendrissement, je lui
promis de faire ce qui dépendrait
de moi.

» Toutes nos espérances furent frustrées. — Après bien des courses, j'appris, le lendemain, que les prisonniers avaient été réellement envoyés à la Cannée.

» Voyant donc l'impossibilité d'exécuter ce dessein, nous fûmes forcés de nous en retourner chez notre bonne famille. Je tranquillisai la mère de Sémil, lui donnai pour certain que nous reverrions son époux et son fils, et la quittai cependant en assez bon état.

» Pensez, mes amis, dans quelle situation devait être Zéir depuis deux jours qu'elle ne nous avait pas vus.

» En arrivant près de l'habitation, je l'apperçus de loin accourir au devant de nous. Oh Dieu ! comme elle avait changé ! comme elle était devenue pâle, languissante ! A peine nous approche-t-elle qu'elle nous crie : — Eh bien ! mes amis, eh !

bien! qu'est devenu Sémil?.... Vous devez sentir quel était notre embarras. Comme nous ne répondîmes pas assez promptement: —Ah! n'est-il pas vrai, continua-t-elle, que mon rêve s'est accompli? Quel coup de foudre pour nos cœurs! comme nous étions encore immobiles, au moment où j'allais parler, elle s'évanouit en s'appuyant sur moi. Son père heureusement qui était occupé à planter quelques fleurs nous apperçut: il accourut aussitôt, la mit entre ses bras, et l'apporta au logis. Au bout d'un quart d'heure elle reprit l'usage de ses sens, nous parla d'un ton ferme, et voulut que nous racontions les choses telles qu'elles s'étaient passées.

» Nous fûmes donc obligés de le faire; et cette fille, qui dabord nous avait parue si faible, écouta tout avec une fermeté angélique. Au lieu des pleurs et des cris, aux-

quels nous nous attendions, semblant
être toute autre, nous n'entendîmes
que ces mots : Je vois bien , dit-elle,
qu'il faut s'armer de courage, à
l'exemple de la femme forte de
l'Évangile. Dieu soit béni pour les
maux qu'il nous envoie ; mais puisqu'il en est ainsi, et que je ne puis
voir mon amant : faites au moins
venir sa mère, dit-elle à ses parens ;
ensuite nous penserons aux moyens
qu'il nous faut prendre pour sauver
ces deux infortunés. Elle parlait de
Sémil et de son père.

» A l'instant, charmé de ces paroles, je lui baisai la main, l'embrassai avec transport et lui dis : Ah!
je reconnais bien là la fille d'Effendy ! va, chère et pauvre Zéir, va,
fille incomparable et comme jamais
je n'en ai connue !..... non, ne crains
rien, arme-toi toujours d'un pareil
courage ; nous retrouverons bientôt
ton amant, et le dieu des Chrétiens

ne verra pas sans pitié de si grandes
vertus. » En lui disant ces mots, je
versais des larmes de joie, et toute
la famille attendrie, l'embrassant à
mon exemple, en fit de même.

« Dès le lendemain matin, Agélas
partit pour exécuter l'avis de Zéir.

» Vers les dix heures du soir,
nous le vîmes revenir avec la mère
de Sémil accompagnée de sa sœur.

» Cette femme plus jeune de dix-
sept-ans que son aînée, avait natu-
rellement un bon cœur. Elle n'était
pas jolie, mais les autres qualités de
son âme la récompensaient bien du
prix de la beauté. Elle était douce,
aimable, et tout-à-fait propre pour
le commerce de la vie.

» Nous nous apperçûmes bien, le
lendemain qu'elle quitta sa sœur,
à quel point elle l'aimait ; sur son
visage respirait toute la sensibilité
d'une tendre amie : aussi parut-elle
la quitter avec beaucoup de regret

et non sans une certaine démons-
tration, qui semblait lui faire connaître qu'elle ne la reverrait plus.

» Quant à la mère de Sémil, sans
paraître plus affectée de ses maux
que lorsque je la quittai, je crus la
trouver plus défaillante, plus maigre, et comme une personne consu-
mée par un chagrin intérieur qui
la rongeait.

» Comment vous peindre cependant, malgré la tristesse où la plon-
geait le sort de son amant, la joie
que ressentait Zéir en la voyant
près d'elle ! Je ne connais pas de
soin qu'elle ne lui portât, pas d'occasion de lui témoigner son amour
qu'elle ne saisît avec avidité : toujours attentive à ce qui lui fallait, elle
était toujours prévenante ; peines,
veillées, consolation, rien ne lui
coûtait; elle atteignait et faisait tout
avec une grâce inexprimable ; en
un mot, c'était sa seconde mère.

Elle partageait sa tendresse entre toutes les deux également, et je crois que, lorsque Sémil aurait été présent à toutes ses attentions, elle n'aurait jamais mieux fait.

» Cependant une semaine s'était déjà passée ainsi sans que nous ayons pu trouver de moyens propres à tirer Sémil et son père de leur affreux état. Comme nous ne pouvions recevoir de lettres ni en écrire, je sentais que la fille de mon ami dépérissait chaque jour : pour moi, bien que je faisais mon domicile à la Cannée, et que je me rendais assez fréquemment aux prisons pour chercher à voir nos infortunés, jamais je ne l'avais pu ; le geolier, inflexible, ne voulait pas même recevoir le moindre billet. Blessée que je prisse tant de peines sans aucun succès, Zéir conçut le projet de venir parler elle-même au pacha de la Cannée : dans la crainte sans

doute que je ne m'opposasse à ce
dessein, elle ne me dit rien la veille
de mon retour chez moi, si ce n'est
ce mot, à part : « Ne sortez pas de-
» main avant neuf heures. » Ce fut
vainement que j'en demandai la
cause : il fallut promettre, et voilà
tout.

» Le jour d'après, se levant sans
doute avec l'aurore, cette fille estimable pria le bon Agélas de la conduire chez moi; car, vers les huit
heures, ils me furent annoncés par
mon domestique : alors j'accourus
au-devant d'eux pour les recevoir;
et, comme je blâmais Zéir sur ce
qu'elle était venue sans avertir ses
parens, voici ce qu'elle me dit :
« Oui, cette course peut être blâ-
mable en apparence; mais je la crois
louable en réalité. » Et, sans s'émouvoir, elle continua :

« Voulez-vous me conduire aux
prisons? — Je le veux bien, lui dis-

je; mais qu'y ferez vous? Pensez-vous
que le geolier vous en laisse l'entrée
libre ? Vous savez qu'il n'a seulement pas voulu recevoir un de mes
billets. — Eh bien! reprit-elle, puisque vous croyez la chose impossible , conduisez-moi donc au palais
du Pacha. — Mais, lui dis-je encore, que pensez-vous y faire? quelle
est votre intention ? — Que vous
importe ?.... Menez-m'y, reprit-elle
avec une fermeté qui me paraissait
plus qu'héroïque. — Mais vous n'y
pensez pas, lui dis-je; vous savez
que le costume de ma profession
les offense toujours ? — Ah! par-
don, M. l'abbé, me dit-elle en se
jetant à mes pieds. — Quoi! lui dis-je
en la relevant par la main, est-ce
ainsi que l'on agit avec un ami? Ne
savez-vous pas que je vous aime
comme ma propre sœur? que vous
m'êtes aussi chère que votre père?
et vous savez s'il me l'est. — Mais

enfin, puisque vous ne voulez pas
me dire votre intention, puisque
vous ne croyez pas devoir me la
communiquer, je vais vous donner
tous les indices nécessaires pour
qu'Agélas puisse vous y conduire. »

» A l'instant une larme lui tomba
sur la main droite, puis elle me dit :
« Hélas! croyez-vous que je vous le
cacherais, si..... mais je crains..... —
Gardez votre secret, trop sensible
Zéir; la larme que vous venez de
verser me tient lieu de le savoir. Allez, fille incomparable; je pense lire
dans votre cœur, et, comme votre
beauté pourrait vous exposer, je
vais moi-même aller avec vous.
Notre religion permet peu le déguisement; mais je n'ai pas le scrupule
de croire que, pour faire le bien,
elle s'y oppose. »

» A l'instant je passai dans la
chambre voisine et je pris un costume à la française, dont je m'étais

muni par précaution lorsque je
voulus passer en Turquie. Dès que
je fus prêt, nous sortîmes tous les
trois et nous nous rendîmes au palais du Pacha. Depuis longtemps
j'avais ouï dire que son intendant
était un méchant homme; qu'il était
peu serviable, même cruel, et faisait souffrir le peuple : aussi, vou-
lais-je chercher à ne pas le voir. Ce
fut en vain, il semblait s'être em-
paré du cœur des gardes, et lorsque
je demandais le Pacha, l'on me ren-
voyait toujours à son favori.

» Enfin, voyant que nous ne pouvions lui parler sans l'avoir vu, je
me suis laissé conduire avec Zéir
devant lui. D'abord, nous lui de-
mandâmes à parler au Pacha; mais
il fut inflexible, il voulut absolument savoir ce que nous lui voulions.

» Comme aussitôt que je m'étais
apperçu ne pas pouvoir parler au
Pacha sans l'avoir vu, j'avais pres-

que perdu toute espérance de succès, je dis à Zéir de me laisser parler
dès que nous serions devant lui.
Ainsi, je lui dis donc en peu de
mots le sujet qui nous amenait.

» D'abord il déclama beaucoup
contre l'impuissance qu'il y avait
de voir son maître : à force de le
prier pourtant il nous conduisit devant lui.

» Ce Pacha, mes amis, était un
bon vieillard, dont l'abord n'inspi-
rait que de la confiance. Après avoir
écouté nos raisons, il nous fit sentir
toutes celles qui pouvaient s'y opposer : cependant il se serait rendu,
lorsqu'il vit Zéir à ses pieds et ses
beaux yeux humectés de larmes, si
son indigne confident ne l'eût aigri
par les obstacles qu'il lui faisait entrevoir.

» Cette tentative fut donc vaine ;
nous obtînmes seulement une permission de pouvoir leur aller parler.

» Le malheureux intendant ne
gagna guères aux cruelles injustices
qu'il faisait souffrir chaque jour ;
car, avant même que je partisse de
l'ile, les Turcs de la Cannée se ré-
voltèrent, pillèrent et saccagèrent
sa maison, et, ne se trouvant pas
assez vengés, allèrent assiéger le
château du Pacha, le menaçant de
le faire périr sous les ruines de son
palais, s'il ne le leur livrait.

» Dès que nous fûmes sortis de
la cour, je voulus changer de côs-
tume ; mais Zéir, qu'un violent désir pressait de voir son amant, ne
voulut pas. Hélas ! de quelle scène
d'attendrissement ne fus-je pas témoin en arrivant à la prison ! Quoique le peu de succès que nous
avions eu auprès du Pacha eut fortement alarmé Zéir, elle ne laissait
pas en chemin d'éprouver une sorte
de bien aise qui semblait la rendre
encore plus belle et plus touchante.

Malgré tout, elle ressentait de certains tressaillemens à faire trembler.
O pauvre Sémil! qu'est-ce qui t'occupait en ce moment? Que faisais-
tu? A quoi pensais-tu? Sans doute
le plus digne objet de toi-même
soutenait ton âme défaillante? Tu
cherchais dans le sein paternel les
consolations que ne pouvait te rendre l'amour : mais si ton cœur eût
prévu l'instant où Zéir s'avançait de
ta prison, que n'aurais-tu pas fait?
Quelles forces n'aurais-tu pas trou-
vées? Nouveau Samson, gardes,
portes, murs, quelles sont les choses
qui t'auraient pu résister?.... Mais
que dis-je? où m'emporte l'admiration de ton grand amour? Oh! mes
amis, je crois voir encore cet heureux moment..... La porte s'ouvre.....
Zéir tressaille..... Quel tableau! Les
voilà ces amans dans les bras l'un
de l'autre! Comme ils se pressent
mutuellement! comme ils se regar-

dent d'un air tendre, surpris! Leur cœur se complaît et se parle, et leur bouche ne peut dire un mot. Moi-même je suis dans les bras du père et semble l'oublier. Agélas seul est tantôt immobile, tantôt il nous regarde, mais plus souvent nos deux amans.

» Trois minutes ainsi se passèrent sans que nous pûmes désunir nos bras. Le geolier jusqu'ici ne fut pas encore attendri ; mais lorsqu'il vit Zéir partager les caresses de son père et de son amant, lorsqu'il vit ses beaux yeux s'humecter des larmes de la sensibilité ; cette jolie bouche couvrir de baisers tantôt les mains du fils, tantôt celles du père ; alors, s'attendrissant peu à peu, son cœur força ses yeux à laisser couler quelques larmes.

» Le souvenir de cette scène, Madame, parut tellement gravé dans le cœur du père de C..., qu'il ne pût s'empêcher d'en verser encore quelques-unes d'attendrissantes.

» Après plusieurs minutes de silence, ce respectable vieillard allait enfin reprendre son récit; mais tout-à-coup les nues s'obscurcissent et le temps devient sombre. A peine y a-t-il six heures que le crépuscule a disparu, et la nuit semble déjà vouloir rentrer sous l'horizon.

» Au moment même où je parle, que vois-je? Les vents se déchaînent avec fureur; chaque feuille d'arbre frémit; les nuages, semblables aux flocons de laines qu'entraîneraient les enfans de borée, roulent en se fondant sous la voûte céleste; enfin, trop surchargés par leurs vapeurs, ils crèvent, et une pluie abondante se répand partout.

» Cependant chaque domestique, empressé, vient nous apporter des parapluies, et nous sommes obligés de laisser là l'histoire. »

~~~~~~

LETTRE CINQUIÈME.

DEUXIÈME PROMENADE DU SOIR.

Le Firmament.

La pluie a cessé depuis midi; les
vents, Madame, ont disparu, et le
temps est devenu plus calme. Enfin,
nous allons reprendre notre histoire.
Comme la terre, humectée encore
par l'eau de ce matin, frémit sous
nos pieds, nous n'allongeâmes pas
notre promenade au-delà des allées
qui se trouvaient près du château.
Après un quart-d'heure de marche,
le père de C...., voyant la soirée assez belle, nous propose de monter
sur la tour qu'on apperçoit à quelques pas de nous. Nous acceptons

volontiers, et déjà nous y sommes
parvenus.

Quel tableau s'offre encore à nos
regards! Où sommes-nous? sus-
pendus, pour ainsi dire, comme le
poids du lévier entre deux mondes,
ou bien entre l'atmosphère et l'éther,
quelle différence de ce matin! sans
doute nous voici maintenant sous
un nouveau ciel, ou dans un autre
hémisphère.

Ces enfans du grand désordre ne
soufflent plus; Zéphyre même paraît sommeiller sous la feuille du
hêtre; les vagues de la mer, naguères
si bouillonnantes, semblent à peine
oser toucher le pied de la tour : nous
n'entendons seulement qu'un petit
murmure uniforme et continu du
frémissement de ses ondes. Aucun
bâtiment ne s'offre plus à nos regards : il semble qu'à mille pas de
nous se forme l'infini par le peu
de clarté qui règne sur notre hori-

6

zon : seulement quelquefois le brillant de l'étoile lumineuse paraît se
retracer dans l'onde et vaciller sur la
superficie de la pleine unie comme
une glace. Que cette profonde obscurité, jointe à ce grand silence, est
enchanteresse ! Si je détache mes
yeux du bas de la tour, et que je les
lève, par la pensée, dans ce séjour
si connu, qu'apperçois-je dans l'im-
mensité? que vois-je sur ma tête?
Quel dais magnifique me couvre!
comme il est beau! comme il est ravissant! quel témoignage de la grandeur d'une toute-puissance! Astres
enchanteurs! astres que j'apperçois,
astres des millions de fois plus grands
que la terre, et qui cependant ne
me paraissez qu'un point dans l'im-
mensité, qu'est-ce qui vous plaça-là?
Que faites-vous si loin de nous? Si
vous êtes habités, que ne venez-vous
unir vos enfans à ceux de notre
globe?... Vous ne répondez pas....

Je le vois bien.... vous êtes impuis-
sans, et soumis comme lui, à la volonté suprême.

Près de nous je vois Mercure, et
un peu plus loin je vois Vénus : ici
roule Mars; là, Jupiter, et plus loin
je distingue Saturne, la planète la
plus éloignée.

Astronomes fameux! vous, qui
voulez partager la gloire du Très-
Haut; vous, qui voulez contempler
ses œuvres et démontrer l'effet de
leurs merveilles; venez, prenez votre
télescope; mesurez tous ces mondes :
ils sont dignes de vos regards et de
la gloire qui vous anime.

Malgré tout, Madame, la sérénité de ce temps ne me paraît pas
de longue durée. Sa fatiguante pe-
senteur, le mouvement de quelques
étoiles, tout semble dire à M. Jules
et à moi, que nous n'avons pas fini
de voir couler des larmes, et nous
annonce quelque mauvais présage

*

Après que nous eûmes passé près
de trente minutes à la contemplation des objets que je viens de vous
décrire, voici comme le père de C...
reprit son histoire :

« Hélas ! mes bons amis, que notre
être est petit, puisque nous ne pouvons rien faire changer à nos des-
tinées ! Il semble qu'à chaque instant le ciel veuille nous éprouver,
en nous envoyant calamités sur calamités. Qu'apperçois-je devant moi !
quels tableaux sinistres et touchans
viennent s'offrir à ma mémoire !
partout la tristesse, partout la mort
et toute sa suite !

» Après avoir passé, comme je
vous l'ai dépeint, une heure entre
la joie et le chagrin, le plaisir et les
larmes, nous fûmes obligés de nous
séparer de nos prisonniers ; car nous
n'avions pas ordre de pouvoir rester davantage. Pensez combien de
peines il me fallut pour ôter Zéir de

ce funeste lieu : après avoir em-
ployé, le père de Sémil et moi,
toutes les forces de la raison, nous
eûmes même toutes les peines du
monde à lui faire consentir à le quitter. Comment vous peindre cette
séparation ? Que de pleurs répandues ! que de promesses faites de
parts et d'autres ! que de baisers
tour - à - tour donnés et rendus ! O
ciel ! vous, qui fûtes témoin de cette
affligeante séparation, comment n'en
fûtes-vous point touché ? Que dis-je ?
je vous offense..... vous le fûtes....,
puisque.....

» Enfin, vainqueurs à force de combattre, Agélas et moi l'entraînâmes
avec nous. En nous en revenant,
elle tournait souvent la tête pour
regarder le lieu que nous quittions;
car il semblait lui être devenu cher
par la présence de son amant. Dès
que nous fûmes arrivés chez moi,
je fis apprêter un déjeûner : trop

affectée de la scène qui venait de
se passer, Zéir y toucha peu. Je
quittai bientôt après mon habit à la
-française, et nous nous mîmes en
chemin pour retourner à l'habitation.

Je ne sais si ce fut la présence de
Zéir, le souvenir de notre peu de
succès, ou toute autre chose qui m'occupait intérieurement, mais pendant
plus d'un quart-d'heure de chemin
je ne pus rien dire à mes compagnons : il paraît que de leur côté,
ils étaient de même. Zéir, la tête
un peu baissée, l'air triste et silen-
cieux, marchait aussi sans paraître
pousser un soupir.

Agélas, moins triste, lui donnait
le bras ; il semblait bien vouloir
rompre le silence : mais, soit qu'il
pensât que je ne parlasse pas crainte
de troubler Zéir, ou soit par respect pour moi-même qui ne disais
rien, il ne prononça pas un mot. Ce-

pendant, approchant de l'habitation, la fille d'Effendy fit un mouvement : à l'instant je la priai de
m'en dire la cause. « Hélas! me dit-
» elle, vous n'éprouvez rien à l'ap-
» proche de ces lieux? votre cœur
» ne se sent-il pas serré? votre âme
» est-elle [tranquille? et ne semble-
» t-elle pas vous annoncer quelque
» mauvais présage? »

J'avoue que je fus vivement frappé
de cette demande, et que jamais
être au monde ne pénétra mieux la
situation où j'étais, et ne m'éclaircit
plus sur mon état actuel.

Pour ne pas augmenter sa tristesse
je cherchais pourtant à me déguiser
un peu. « Quoi! dis-je, tendre Zéir,
» pouvez-vous livrer ainsi votre âme
» à de funestes pensées, et l'alarmer
» sans cause? Vous-même aggravez
» sans cesse vos maux; votre cha-
» grin vous accable et nuit à la suite
» de vos jours; et, si vous n'y faites

» attention, je crains..... Mais pour-
» quoi, je le demande, alimenter
» votre âme du poison de la dou-
» leur? Croyez-vous que Dieu vous
» ait entièrement abandonnée, parce
» qu'il n'a pas semblé sourire à votre
» première tentative ? Que savez-
» vous? sa providence est si grande,
» sa bonté si parfaite, sa miséricorde
» si infinie, que peut-être il veut
» vous conduire à vos vœux par les
» voies qui semblent même le plus
» s'y opposer. Ne connaissez-vous
» pas combien Dieu persécute et
» rend Joseph misérable, pour l'é-
» lever au-dessus de ses frères; pour
» ensuite en faire la gloire et le sou-
» tien de sa famille? Ne savez-vous
» pas que ce ne fut qu'après de longs
» vices et beaucoup de peines que
» Jacob, son père, obtint l'aimable
» Rachel? que le saint homme Job
» souffre tous les malheurs que la
» misère humaine peut souffrir pour

» rentrer en possession de ses biens
» et de ses enfans ? que David ne
» monta sur le trône que Dieu lui
» destinait, qu'après avoir risqué sa
» vie et mis en danger de la perdre
» un grand nombre de fois? et qu'en-
» fin, l'épouse du jeune Tobie compta
» la mort de sept maris avant de jouir
» de celui qu'elle méritait ? Ainsi ,
» que savez-vous, mon amie, si Dieu
» ne vous garde pas un pareil sort ?
» c'est-à-dire, ne veuille vous con-
» duire à l'accomplissement de vos
» désirs qu'après avoir fait épreuve
» de votre sagesse, puis être devenu
» lui-même le témoin de votre grand
» courage. En quelle situation qu'il
» vous place , ne murmurez donc
» pas : supportez tout avec force ,
» avec patience. Espérez toujours en
» lui; qu'au comble de vos douleurs,
» votre cœur l'implore sans cesse et
» ne se rebute jamais. Oh! si vous
» faites toutes ces choses, il est bien

» sûr que vous n'aurez plus de pa
» reilles pensées, ou que du moins
» vous pouvez les rejeter avec plus
» de force, et les rendre plus sup-
» portables à votre cœur. Voilà, ma
» bonne amie, voilà, si je ne me
» trompe, comme il faut faire. — Ah!
» oui, dit-elle en laissant tomber sa
» tête sur mes bras, oui, je le sens
» très-bien..... Mais, mon bon ami,
» pensez-vous que ce soit facile?
» pensez-vous....? Ah! si vous aviez
» aimé..... — J'aurais peut-être fait
» pis que vous, répondis-je; aussi je
» ne vous donne de conseils que tout
» autant qu'ils peuvent vous être
» utiles, être bien vus de vous, ne
» pas vous alarmer, et vous aider à
» supporter vos maux avec plus de
» patience. »

    » A mesure que j'achevais ces
derniers mots, nous nous trouvâmes
près de l'habitation. Le père de Zéir
était assis sur un petit tertre de ga-

zon fleuri, qu'on apperçoit devant
la porte : sa position paraissait touchante ; il avait les deux coudes ap-
puyés sur ses genoux, sa tête penchée dans le creux de ses mains ; et,
dans cette posture, il ressemblait à
un homme profondément occupé et
dont les rêveries attristaient l'exté-
rieur. Sa fille, qui le vit de loin, accourut à lui, l'embrassa, et lui demanda la cause de cette situation.
« —Croyez-vous que votre conduite,
» lui dit-il un peu sèchement, ne
» pourrait pas en être le sujet ? Pou-
» viez-vous ce matin vous en aller,
» comme vous avez fait, et con-
» treindre Agélas de vous suivre
» sans l'avoir instruit de vos inten-
» tions ? Car, convenez-en, en quelle
» peine ne mettiez-vous pas votre
» mère et moi, s'il n'eût eu la pré-
» voyance de nous laisser un billet,
» et nous instruire par-là que vous
» vous en alliez tous deux chez notre

» ami. Toutefois, ma fille, ce n'est
» pas votre faute qui fait la cause
» de ma tristesse. Je vous pardonne
» aisément, puisque je ne vois en elle
» qu'une imprudence; mais, ce qui
» doit nous chagriner, c'est l'état
» présent de la mére de Sémil : une
» violente fièvre ne cesse de la tour-
» menter depuis ce matin. »

» Hassan-Effendy allait continuer
lorsque Zéir lui resautant au col,
s'écria : — « Ah! trop bon pére, que
» m'apprenez-vous? J'avais un pres-
» sentiment de ce que vous me
» dites. Hélas! le ciel doit-il donc
» aggraver nos maux au lieu de les
« soulager? »

« A l'instant elle se tourne vers
moi, me charge d'instruire son pére
de l'effet de notre tentative, et semblant ne pouvoir dire autre chose,
elle nous quitte en laissant échapper
ces mots : — « Eh bien! mon âme

» s'affligeait-elle sans cause en nous
» en venant ? »

« Dès que j'eus fini d'instruire
son père de notre peu de succès
auprès du Pacha, sans m'informer
même de la santé de son épouse, je
volai aux pieds de la malade.

» Cette femme m'était en effet on
ne peut pas plus intéressante : ce qui
la recommandait surtout auprès de
moi, c'était cette excessive tendresse,
cette grande amitié qui paraissait lui
rendre si chers son époux et son fils.
Je m'empressai donc d'aller lui témoigner la part que je prenais à sa
situation.

» Aussitôt que je fus entré dans
la chambre qu'on lui avait destinée,
je me jetai sur son lit et lui baisai
la main, que je trouvais très-froide :
après qu'elle m'eut remis, elle me
dit avec douceur : — « Mon ami,
» vous avez vu mon époux et mon
» fils, à ce que m'a dit Zéir ? — Oui,

» lui dis-je. — Eh bien! ils doivent
» éprouver de cruelles souffrances :
» leur position est bien affreuse ;
» comment sont-ils ? — En très-bon
» état, répondis-je. — Ne parais-
» saient-ils pas avoir été malades,
» continua-t-elle ? — Non, repris-je.
» — Vous pouviez donc bien les
» voir ? — Oui, lui dit-je encore,
» et aussi bien que je vous vois :
» maintenant à vous. — Si je pou-
» vais au moins avoir ce même bon-
» heur, reprit-elle. — Eh! mon
» Dieu ! pourquoi vous alarmer ?
» Vous l'aurez sans doute un jour.
» — Il n'y a pas lieu de le croire!
» continua-t-elle : n'en dites rien
» pourtant, afin de ne point affliger
» mes hôtes ; mais je sens mon
» mal!... Je sens que dans quinze
» jours je ne pourrai plus vous par-
» ler ainsi..... je vous le dis, parce
» que vous sentez, qu'en bonne
» chrétienne, il est temps de prévoir

» cette dernière heure. — Ah ! lui
» dis-je en lui prenant la main, sans
» doute, vous avez raison ; mais vous
» vous frappez d'une chose qui n'est
» pas. — Ce ne sera que trop vrai !
» dit-elle en laissant tomber quel-
» ques larmes. »

» A l'instant Zéir et sa mère en-
trèrent, portant des racines qu'elles
venaient de cueillir pour lui faire
de la tisane : alors notre conversation cessa, et je me tournais vers
l'épouse d'Effendy, que j'embras-
sais au même instant.....

» Cette estimable femme commençait déjà d'approcher sur l'âge ;
elle pouvait avoir au moment où je
parle quarante-huit à quarante-neuf
ans : les chagrins qu'elle avait es-
suyés dans sa jeunesse, le mauvais
état habituel de son corps, ces peines
présentes, tout cela semblait con-
courir à la rendre très-faible, peut-
être plus défaillante, et ne m'assu-

rait pas pour long-temps l'existence de cette autre amie.

» Je ne me trompai pas ; elle était sujette à certaine maladie : au bout d'une semaine elle essuya une fièvre si forte, qu'elle tomba dangereusement malade.

» La mère de Sémil, de son côté, n'allait pas bien : il semblait que son mal s'aggravait de jour en jour, et soixante-six heures après la fièvre de madame Effendy, nous fûmes obligés d'envoyer chercher son directeur.

» C'est à présent qu'il aurait fallu voir notre pauvre Zéir. Oh ! que cette fille était admirable ! comme elle soignait bien nos deux amis ! Ciel ! en donnas-tu jamais de pareille à la terre ? Quelle constance ! quels soins dans les secours qu'elle porte et dans les consolations qu'elle donne ! Oh ! mes amis, pour bien en juger, il fallait l'avoir vue comme

moi : en quelque moment que j'en-
trasse, je la trouvais ou au lit de sa
mère ou à celui de la pauvre madame Sémil. Rien ne lui coûtait;
elle les soignait avec le même zèle
et la même exactitude : sans cesse
attentive à leur besoin, elle les pré-
voyait presque tous ; enfin, je ne
puis m'empêcher de le dire, je fus
mille fois étonné, qu'avec la peine
qu'elle se donnait, les fatigues qu'elle
essuyait, sa position présente, elle
pût y soutenir autant et ne pas trouver la fin de sa vie, en voulant
chercher à retarder le cours de celle
de mes amies.

»Quinze jours écoulés depuis notre
tentative auprès du Pacha, la mère
de Sémil est à toute extrémité : je
la vois on ne peut pas plus maigre ;
la pâleur de la mort peinte sur son
front, et perdant bientôt toute connaissance ; son visage, creux et de
tous côtés décharné, n'offre plus

**

qu'une peau ridée et jaunâtre ; sa
bouche est à moitié entr'ouverte ; ses
yeux roulent des prunelles égarées
et mourantes, que la vue peut à
peine supporter.

» Dans cet affreux état, elle ne
veut voir que Zéir : sans cesse les
noms de son époux, de son fils et
d'elle sont dans sa bouche. Enfin,
le dix-septième jour, reprenant un
peu la force de ses esprits, elle rappelle son ministre, et le dix - huitième elle reçoit le saint viatique.

» Quoique la femme d'Effendy,
non moins proche de la tombe, soit
dans un état bien différent, elle
voulut aussi le recevoir.

» Quelle position pour notre jeune
amante ! quel avenir déchirant pour
son cœur ! Cependant elle main-
tient son courage avec une intrépi-
dité sans bornes : elle ne quitte jamais la chambre de sa mère, ou, si
quelquefois elle le fait, saisissant le

moment de leur sommeil ou le besoin où elles sont de repos, elle va
se prosterner sur le tertre qui s'élève
à quelque pas de la porte.

Malgré que ses amies goûtassent
peu le sommeil, elle trouvait toujours
quelque moment pour aller adorer
l'Eternel dans ce lieu. Vis-à-vis le
tertre on appercevait à quelque distance un superbe platane. Tout-à-
fait au haut de sa cîme était une petite croix que Sémil y mit jadis de
concert avec elle.

» C'est là que se prosternant en
face du grand livre de la nature,
elle allait le plus souvent invoquer
le Très-Haut, et le prier d'appaiser
sa colère. »

« Un jour que je m'en venais le
matin par la plaine qui borde un
petit bois, je l'apperçus à genoux
sur le tertre. Ce bosquet était le
même que celui où je l'avais vue,
naguère, portant avec Sémil le pau-

vre turc à qui ses soins rendirent la
vie. Dans cette position elle avait
les mains croisées, et paraissait porter ses regards, tantôt vers le firmament, tantôt sur la croix. Comme
je ne doutai point, d'après cela, que
nos malades ne fussent assoupies,
et que j'étais un peu fatigué, je m'assis à quelque pas d'elle derrière des
arbres de myrthes qui l'empêchaient
de me voir.

Voici un morceau de la prière
qu'elle fit à haute voix, et que je
n'oublierai jamais, tant elle me toucha par la manière et le ton qu'elle
mettait en l'adressant à l'Eternel :

« Créateur du premier homme et
» de tous les êtres existans, toi qui
» plaças sur nos têtes ces globes lu-
» mineux qui rayonnent là-bas pen-
» dant l'obscure nuit ; toi qui sus
» donner des rênes à la fureur des
» flots, et maîtriser à ton gré le
» courroux des tempêtes ; Etre infi-

» niment bon, Etre à jamais exis-
» tant, moteur, source première de
» l'essence de ma religion ! écoute-
» moi, regarde ta pauvre servante,
» et daigne exaucer sa prière.

« Tu connais la faiblesse de mon
» cœur : soutiens mes forces chan-
» celantes, et vois les calamités dont
» je vais être accablée, si tu ne m'é-
» coutes. O Dieu d'Abraham, de
» Moïse, de Jacob et de Josué ! père
» commun des hommes, soutien de
» l'orphelin, et vengeur des mal-
» heureux, daignes, daignes, mon
» Dieu, devenir l'appui de ma fai-
» blesse, et ranimer mes espérances.
» Tu vois le funeste état de ma mère
» et de mon amie. Mieux que moi,
» tu sais et sens ce qu'il leur faut
» pour leur guérison. Au nom de
» votre fils crucifié ; au nom de sa
» chaste et divine mère ; au nom de
» cette sainte religion, sentie né-
» cessaire et prédite par vous de la

» chûte de nos premiers péres, dai-
» gnez me suggérer les moyens d'y
» mettre fin; inspirez, dites à mon
» cœur tout ce qu'il faut faire.

« Mais leur destinée serait-elle de
» quitter la terre en ce tems-ci? Le
» terme de leur carriére marqué dans
» le livre de vie, serait-il donc à sa
» fin? Oh non! je ne peux en sup-
» porter la pensée. Quoi! mon Dieu!
» quoi! mon pére! en ce moment
» voudriez-vous me ravir les deux
» femmes qui me sont les plus chéres
» au monde? Hélas! et que devien-
» drai-je alors? Livrée au feu qui
» me consume, seule avec mon pére
» défaillant; eh! que dis-je? mou-
» rant peut-être lui-même de lan-
» gueur dans mes bras, que ferai-je?
» où irai-jé? que deviendrai-je?. O
» non! mon Dieu, ô non! sans doute
» vous ne le permettrez pas. Raffer-
» missez donc leurs forces, Dieu
» tout-puissant .... Inspirez-moi tout

» le courage nécessaire pour les bien
» soigner ; faites qu'en veillant sans
» cesse autour de leur lit , je puisse
» par mon courage , ma constance ,
» et mes paroles, leur adoucir leurs
» maux , et leur devenir un sujet de
» consolation. »

» Ici , détachant les yeux du firmament sur lequel elle n'avait pas
cessé de les fixer, si ce n'est pour
essuyer les pleurs répandues en fi-
nissant sa prière , elle les détourna
pour regarder la petite croix dont je
vous ai parlé. Elle parut aussi lui
adresser quelques mots ; mais sa voix
s'affaiblit tellement que je ne pus
rien en entendre.

» Il faut , mes chers amis , que
dans la vie chaque chose ait son
cours , commence et finisse. C'est
là une maxime générale , et qui
peut s'appliquer à tout ce que nous
voyons , à tout ce que nous sentons ,
et à tout ce que nous imaginons.

Dieu lui-même, en posant les fondemens du monde, l'avait sans doute
en vue. Les plus grands empires existans, la terre, le soleil, la lune,
tous ces grands corps lumineux que
nous appercevons dans la voûte céleste, et que l'on pense être autant
de monde, tout cela passera comme
ont passé la fameuse Babylone, la
célèbre Jérusalem, et tous ces grands
empires de la Grèce et de Rome.

» Cependant la mère de Sémil
allait de plus en plus mal. Le dix-
huitième jour elle avait presque
perdu la raison. Pendant toute la
nuit elle fut dans une agitation continuelle. Elle semblait faire des songes épouvantables qui certainement
ajoutaient à l'augmentation de son
mal, et la lui rendait plus cruelle à
supporter.

» Le dix-neuvième elle ne put rien
prendre; chaque heure était un nouveau signal de convulsion. Alors
nous vîmes entièrement l'approche

du moment fatal. Sa tête se troublait ;
elle perdait la raison, et l'on sentait
que, livrée à elle même, elle se serait
mutilée plusieurs fois.

« Ce n'est pas que la pensée d'entrer
dans une seconde vie, ne la consolât
beaucoup ; car après une de ses con-
vulsions des plus cruelles, elle me
tint ce discours avec le calme d'une
âme tout-à-fait chrétiénne :

« La religion, mon ami, donne
une grande consolation au mourant
qui croit en elle. J'avoue que je lui
dois mon courage et ma résignation à supporter dés maux qui, sans
elle, m'auraient plongée dans le
plus affreux désespoir. Je sais que
la mort n'a plus rien d'affreux,
quand on est rempli de ses douces
et consolantes maximes ; que la séparation de nos proches et de tout
ce que nous avons de plus cher au
monde ne nous coûte plus autant,
lorsqu'on a l'espoir de se retrouver

7

dans une autre vie. Mais si je ne peux supporter mes souffrances avec toute la tranquillité d'une âme vraiment résignée, c'est sans doute que l'humanité doit payer son tribut de faiblesse. »

« Enfin, le vingtième, elle expira dans les plus grandes souffrances.

» Quels sinistres tableaux, mes amis, ne faut-il pas que je retrace à votre imagination !

» La mort ! hélas ! toujours la mort ! sa faulx tranchante ne part point encore de notre chaumière : elle paraît avoir quelqu'autre chose à prendre. Semblable au loup affamé qui rôde sans cesse autour de la bergerie pour épier le moment où, sans crainte, il pourrait se jeter sur l'innocent agneau : de même elle porte ses regards de tous côtés, et ne nous montre que trop la proie que son avidité demande.

» Le lendemain, la femme d'Ef-fendy , dont le courage était sans bornes , et qui voyait l'approche de sa fin sans pousser une seule plainte , s'opposa fortement à ce qu'on enterra le corps de son amie : elle dit qu'il fallait attendre encore un jour pour faire ses funérailles avec les siennes , et qu'un même tombeau devait les renfermer toutes deux.

« Pensez en quelle position se trou-vait notre pauvre Zéir ! Se mettant au-dessus de ses forces , elle avait veillé cette nuit avec assez de tran-quillité : mais lorsqu'elle entendit que sa mère prononça ces mots , quel coup vint soudain la frapper ! « Quoi ! lui dit-elle en se jetant tout-à-coup sur son lit , et lui pres-sant le corps de ses membres trem-blans , quoi! ma mère , vous aussi vous entendez me quitter? Eh! que pensez-vous? que vais-je devenir ?

*

« Zéir, lui dit mon amie d'un air
tranquille et tout en priant, il n'est
plus temps de verser des pleurs, de
jeter des cris, de murmurer contre
Dieu et sa providence. Je sens que
l'heure de ma mort est arrivée, et si
je vous le dis, c'est afin de vous préparer à pouvoir en supporter le coup
avec courage. Ne faites plus l'enfant; vous vous êtes assez chagri-
née, assez tourmentée, assez donné
de peines. Vous n'avez plus besoin
de vous affliger; vous devez la conservation de vos jours à votre malheureux amant, qui fera votre bonheur, que vous posséderez bientôt,
ainsi qu'au plus tendre des époux et
des pères, que j'aie jamais connu.
Le ciel est juste, ma fille; ne déses-
pérez pas en lui : il voit les maux
dont il vous accable, et ne vous
abandonnera pas. Il faut que chaque
chose ait son terme ». —« Ah ! dit Zéir

en essayant de se soulager un peu,
je ne l'ai que trop eprouvé; et, cruelle
mére, vous voulez me le faire ressentir encore!»—«Ce n'est pas moi,
reprit tranquillement celle qui lui
donna l'existence; si c'était ma volonté, je resterais quelques jours
de plus sur la terre, non pas par le
plaisir que me cause la vie de ce
monde, mais pour vous épargner
de verser des pleurs sur mon tombeau. Murmurer ainsi, ma fille,
c'est murmurer contre la Providence divine. Ne savez-vous pas que
la vie n'est qu'un voyage, dont le
terme est fixé par le Tout-Puissant,
et qu'une fois qu'il est accompli,
nous devons le quitter sans regret;
comme le mien, le vôtre est aussi
marqué. Vous devez suivre la destinée commune : vous vous devez à
votre patrie, à votre époux, à des
enfans que vous aurez aussi sans

doute. Eh! ma fille, ne croyez pas
que quitter la vie pour les âmes anciennes soit une si grande peine, ou
du moins le doive être pour ceux
qui croient en Dieu. Les dégoûts et
les peines qui peuvent survenir à la
vieillesse, et les petites infirmités, si
naturelles à cet âge, ne doivent pas,
je vous assure, la faire tant regretter. Au reste, mon enfant, nous
nous reverrons un jour : vivriez-
vous trois fois autant que vous avez
déjà vécu, cet espace, soyez-en
sûre, n'est pas plus long que la largeur d'un point imperceptible. Nous
nous retrouverons donc bientôt dans
la cité céleste, et là nous jouirons
des plaisirs sans fin, bien plus doux,
bien plus dignes de notre âme, et
que jamais aucun mortel n'a goûté
sur cette terre d'exil. Tout ce que
je vous demande, ma fille, c'est de
conserver toujours la pureté de votre

âme; d'aimer sans cesse à faire le bien;
de visiter cette famille indigente; de
recevoir et consoler cet orphelin ; de
prendre soin, comme si c'était notre
propre frère, de ce malheureux,
qu'un fâcheux accident force à recevoir votre secours, et à qui quelques jours de soin de votre part
peuvent sauver la vie. Si vous faites
toutes ces choses, j'ose croire que
vous coulerez des jours sereins et
tranquilles, et qu'en aucun instant
de votre vie vous ne les verrez trou-
blés ; le mal n'aura plus de prise sur
votre cœur ; l'amour de la vertu sui-
vra partout vos pas, vous rendra
fidelle à votre mari, mère inap-
préciable, et vous fera chérir et
respecter de tous ceux qui vous
connaîtront : passions affreuses,
mauvais désirs, funestes tentations,
tout sera tempéré par elle ; toute
chose indigne de vous s'éteindra par

la présence de son flambeau. » —
« Ainsi, dit Zéir en lui couvrant une
main de baisers, ainsi vous voulez
donc que je vive, mère cruelle et
tout-à-la-fois admirable? —Oui, reprit mon amie, je le prétends ; mais
je ne veux point te voir te chagriner,
t'entendre gémir, et pousser des cris
qui ne font qu'aggraver mon mal,
et me le rendre plus insupportable. »

A ces mots, voulant finir là cette
conversation, elle ajouta : « Ma fille,
il faut nous egayer, et non pas nous
attrister. Priez le bon Agélas d'aller
chercher les trois personnes , avec
leurs futurs, qui devaient se marier
quand vous ; qu'il amène aussi tous
ceux de leurs parens qui voudront
les suivre : je veux leur donner un
repas champêtre avant de mourir. »

Zéir, dont ce mot de mourir déchirait les entrailles, ne se pressait
guères vîle. Lorsqu'en ôtant les yeux

de dessus sa fille, la femme d'Effendy vit huit personnes à la porte
de la chaumière, à genou et les yeux
noyés de leurs larmes : aussitôt,
d'une voix ferme et qui démontrait
bien qu'elle n'était pas triste, elle
m'appela, car j'étais tout à côté,
dans la petite grotte, d'où j'avais pu
très-aisément entendre tout ce qu'elle
avait dit à notre pauvre amante. Dès
qu'elle me vit : « Mon bon ami, me
dit-elle, vous, dont le courage est
plus ferme que celui de Zéir, faites
entrer ces bonnes-gens. »

« C'étaient tous des voisins venus
pour pler er au seuïl de sa porte, et
lui montrer par-là leur amour et
leur reconnaissance.

» Dès qu'ils furent entrés : « Quoi!
mes amis, quoi! dit cette femme
forte en essuyant elle-même leurs
pleurs, vous vous lamentez, parce
que je vais aller jouir de la plus
douce des félicités? Ah! de grâce,

laissons-là les chagrins et la tristesse ; réjouissons-nous tant que nous sommes encore ensemble. »

« A l'instant je les vis tourner la tête pour se regarder les uns les autres, et, paraissant tous émus, tomber, de concert, la face contre terre, sans proférer une seule parole.

» Ils étaient encore à genou qu'Agélas entra. Sans paraître s'appercevoir de leur position, elle lui fit signe de s'approcher de son lit, et le pria d'aller inviter les trois personnes qui devaient se marier quand sa fille, puis leurs amans et tous leurs pères et mères ; parce que, dit-elle, elle veut souper une fois avec eux. Agélas ne fut pas plutôt sorti que, se tournant vers nos pauvres gens, elle leur dit en riant : « Et vous aussi ; oui, mes amis, j'entends que vous y soyez. »

« Vers les six heures du soir, tous les voisins d'alentour sont rendus.

Une grande table est dressée au pied du lit de mon amie ; du lait, des légumes, des raisins d'un goût exquis, des fruits de toutes espéces sont distribués avec ordre et placés très-proprement dans des vases de terre. Chacun se range : Hassan-Effendy est au mileu de la table, ayant à ses côtés Agélas et moi ; Zéir nous fait face, entourée aussi des trois personnes qui devaient se marier en même temps qu'elle ; le reste de la table est occupé par leurs amans, leurs proches ou leurs amis.

» La femme d'Effendy qui voulait absolument égayer tout le monde, essaya de manger : comme elle voyait les yeux des convives attachés sur elle et qu'ils paraissaient à peine oser toucher aux mets, elle leur dit : « Mes amis, vous ne mangez pas ? Faut-il qu'un malade vous fasse la honte d'avoir plus d'appétit que vous ? Croyez-moi, bannissez

cet air de tristesse. Celle que vous
voyez, dans le sort que le ciel lui
prépare, sera peut-être plus heureuse que vous. Allons, Zéir, mangez; ayez soin de vos voisins, ainsi
que vous, Effendy. »

« Elle prononça cette dernière
phrase d'un air si riant et si gai, que
tout le monde s'efforça, pour lui faire
plaisir, d'avoir un air plus jovial et
plus libre. Zéir, malgré tout, était
la plus triste : on voyait peint sur
son visage combien la crainte de
perdre sa mère, lui faisait de la
peine, et que bien d'autres personnes manquaient à ce repas. Toutes les fois que je la voyais tourner
les yeux vers la petite chambre où
reposait le corps de la pauvre madame Sémil, cachée par un para-
vent de guirlandes de fleurs bien
entrelacées; il semblait qu'un sentiment de sensibilité l'attendrit. Elle

était forcée de porter son mouchoir sur ses yeux pour arrêter ses pleurs, et pour empêcher qu'on ne vît le trouble où elle était.

« Dès que nous eûmes atteint la fin de notre dessert, voici les paroles que mon amie adressa aux personnes qui devaient se marier en même temps que Zéir.

« Mes enfans, le ciel ne veut pas sans doute encore que le mariage de ma fille se fasse, puisqu'il y met opposition ; mais je sens que cela ne peut pas tarder : sous peu de temps vous aurez le plaisir de le voir faire. Quoi qu'il en soit, je ne veux point tromper votre attente, et que vous perdiez la dot que je vous ai promise : dès à-présent mon époux et moi vous faisons donation de la terre qui fut destinée à cet effet : chacun de vous en aura une égale portion. Si vous en prenez soin, elle vous

donnera de quoi vivre, à vous et à
vos enfans, si jamais vous en aviez.
Vous n'avez donc plus besoin d'attendre que ma fille puisse se marier
pour vous établir. Dès que vous le
voudrez, vous pourrez faire contracter votre mariage. »—« Au même
instant tous nos futurs époux voulaient se lever pour la remercier ;
mais, les prévenant, elle leur dit :
« Tout ce que je fais ici est peu de
chose. Nous ne vous donnons rien
de nous, puisque ce que possède
Hassan-Effendy et moi nous vient
de Dieu. » Ensuite, changeant de
conversation, elle s'étendit beaucoup sur les devoirs de l'un et de
l'autre sexe dans le mariage : elle fit
voir combien deux époux, vivant en
paix et n'ayant qu'une même volonté, étaient un couple heureux et
respectable. Elle parla longtemps
sur les devoirs maternels, et les fit

considérer comme sacrés: elle donna
des conseils précis et clairs sur la
manière de bien élever les enfans;
enfin, ayant fini par démontrer la
nécessité qu'il y avait de mêler la religion à tout cela, elle prouva combien il était bon de la pratiquer; et
s'adressant à sa fille: —« Zéir, mettez
aussi ces conseils à profits. Faites-y
bien attention, mon enfant; un jour
vous en sentirez l'utilité. » A ces
mots, jetant ses yeux sur toute l'assemblée. « Maintenant, dit-elle,
venez m'embrasser, mes amis : ne
vous chagrinez pas. Il est vrai, je vous
quitterais bientôt; mais le même
Dieu, qui sut nous réunir ici, saura
sans doute aussi nous rassembler
dans la cité céleste. » A l'instant elle
tendit les bras, comme pour inviter
ses convives à s'avancer. Zéir, les
larmes aux yeux, fut la première à
remplir ce beau, mais triste devoir;

bientôt les trois futures suivirent, et toute l'assemblée enfin, sans en excepter Hassan-Effendy et moi.

» Pensez combien ces bonnes-gens durent s'en retourner contens; comme ils étaient émus! comme on lisait bien sur leur visage et le plaisir qu'ils ressentaient et la douleur de la quitter!

» Après qu'ils furent sortis, bien que mon amie s'opposait à ce qu'on la veillât, je me chargeais de passer la nuit auprès d'elle. Zèir, ne voulant écouter ni sa mère ni moi, partagea ma peine.

» Vers les dix heures, cette femme inconcevable s'assoupit un peu : comme sa fille était à son côté, pressant une de ses mains dans les siennes, et que j'étais loin d'elle et ne lui parlais pas; accablée d'abattement, elle s'endormit aussi sans même s'en appercevoir.

» Sur les trois heures du matin,

la femme d'Effendy s'éveilla : sans
me dire un mot, elle prit l'évangile
qu'elle avait à son côté.

» Mon Dieu ! comme elle le mé-
ditait ! Fut-il jamais une malade
aussi tranquille à l'article de la
mort !.... quel air agréable et touchant ! que sa physionomie est enchanteresse ! Comme on distingue
bien sur son visage le plaisir et le
charme des choses qu'elle y trouve !
Je la vois, elle relit avec soin chaque évangile : chaque mot, chaque
phrase , chaque point l'arrête et
semble être pour elle un sujet de
salut et de consolations.

» Quelle différence de Caton, mé-
ditant sur l'immortalité de l'âme et
tenant un poignard à la main ! l'un
souffrait cruellement et supportait
ses souffrances avec résignation pour
l'amour d'un Dieu; l'autre n'avait
aucun mal, et, crainte de devenir
la proie d'un vainqueur, cherchait

la force de s'ôter une vie qui n'était pas à lui : celui-ci trouvait de la consolation, puisqu'il ne voyait de la gloire à mourir ainsi volontairement (1) ; l'autre, au contraire, quittait la vie au moment où elle allait lui devenir la plus douce, ignorant encore les jugemens que porterait sur elle la colère céleste ; enfin, celui-ci meurt pour s'épargner des tourmens et l'incertitude des peines à venir : celui-là n'a que sujet de regretter ses jours, et cependant il s'en va tranquille sans murmurer contre sa destinée, et répandant le bien jusqu'à son dernier soupir. Socrate, prenant la ciguë pour son pays, fit une mort plus sublime et plus louable que celle de Caton ; mais, je le demande,

_____

(1) Personne n'ignore que se donner la mort, chez les anciens, passait pour un acte d'héroïsme.

est-elle comparable à celle de ce vrai chrétien? (1)

» Cependant vers les midi, elle m'appelle, me dit que sa dernière heure est venue et qu'elle n'attend, pour s'en aller sans regret, que l'instant d'avoir reçu le dernier sacrement.

» J'en avertis alors Agélas; il fut

_____

(1) Nous croyons devoir vous dire ici, madame, que nous trouvons cette comparaison un peu forte. L'admiration du père de C. . . . pour la femme de son amie, est très louable en ce moment; mais M. Jules et moi, ne vous cacherons pas que la mort du plus sage des Grecs (pour nous servir des termes d'un fameux poëte de cette nation...) nous paraît être quelque chose de si beau, de si grand, et si fort au-dessus de la faiblesse humaine, que nous pensons assez difficile de pouvoir déterminer lequel des deux nous devrions le plus véritablement admirer, ou de Socrate prenant la ciguë, ou de la belle mort de notre chrétienne.

chercher le prêtre qui devait le lui administrer.

» Ce bon pasteur résidait dans un petit monastère, à une demi-lieue de l'habitation : tous les jours il était chargé d'aller dire la messe au couvent d'Acrotiri, autre monastère, mais de religieuses, et qu'on voyait à quelque quart de lieue. A mesure que le saint ministre entra, comme il était suivi de tous les gens que nous avions à souper la veille, un grand bruit se fit d'abord entendre ; les uns poussaient des soupirs, les autres pleuraient en sanglotant avec force, et d'autres enfin murmuraient des mots que je n'entendais qu'à peine.

» Tout cela fit éveiller Zéir, qui, surprise et presque encore toute endormie, se jeta soudain sur le lit de sa mère : après l'avoir étroitement pressée, il fallut cependant la laisser un peu tranquille ; à l'instant elle se

tourne pour se rasseoir; mais lorsqu'elle vit le bon patriarche, elle fit
un cri, en prononçant ces mots :
« Quoi! voici le dernier moment!
» — Oui, répondit la malade, voici
» le moment de mon bonheur. Que
» votre exemple montre le silence
» qu'on doit tenir. » Troublée, ne
sachant que répondre, elle tomba
au pied du lit, mouillée de larmes.
Tous ceux qui sont présens, la prenant pour modèle, se prosternent
au même instant le visage contre
terre, et ne poussant de gémisse-
mens que très-peu sensibles.

» Le prêtre cependant va donner
l'hostie sans tache; je vois mon amie,
la tête un peu soulevée, et montrant un visage calme et serein; la
fraîcheur du jeune âge a disparu
de dessus son front; mais sur ce
front d'albâtre que de sentimens ne
se peignent-ils pas! Comme, avec ses
doux regards où se lit la sensibilité.

de son cœur, je vois la paix de son
âme ! que ses yeux surtout sont enchanteurs ! que ses yeux parlent et
disent de choses à mes esprits émus!
Ils sont au terme de leur existence
et semblent sourire encore ! Mais
quel feu céleste est venu les ranimer ! Ah ! je n'en suis plus surpris,
le dieu de paix s'avance; elle va le
recevoir. Comme son cœur lui bat
à son approche ! quel transport et
quel délire elle semble éprouver !
Mais qu'entends je?... que vois-je?...
où suis-je?...Dans une chaumière
ou dans l'empire céleste. Quels sons
ravissans frappent mes oreilles !
quelle douce harmonie! quels concerts enchanteurs! La fille de David,
portée sur un trône de nue, aux ac-
cords de la harpe divine et de mille
autres instrumens, s'avance, suivie
d'un nombreux cortége; jointes à
tout l'éclat de la beauté, toutes les
vertus brillent sur son visage. Quelles

grâces ingénues et modestes n'a-t-
elle pas! comme son regard est ex-
pressif! Mille vierges s'avancent aussi
et l'entourent; enfin, elle daigne
descendre, cette Divinité céleste,
fille d'un roi, mère d'un Dieu,
épouse d'un mortel; elle est cependant vierge..... Silence; elle approche de la malade : tout dit qu'elle
veut lui parler; elle lui parle; écoutons. « Viens, pure et chaste femme,
viens, lui dit elle; quitte ce monde
d'exil, désormais indigne de toi :
viens voir la patrie que tu dois habiter; viens te réunir à moi; viens,
et que mes compagnes soient aussi
les tiennes. » A ces mots, je le vois,
mon amie expire; son âme brise sa
prison, et, rayonnante de gloire,
s'élève vers la céleste cité, au milieu
des compagnes de Marie. Frappée
d'un si touchant spectacle, l'œil
fixé, les bras tendus, comme moi,
Zéir veut la suivre; mais nous sen-

tons notre faiblesse : encore pé-
cheurs, l'entrée nous en est inter-
dite ; et mortels, nous devons subir
le sort des mortels.

» Que c'est une belle chose, mes
amis, la religion chrétienne ! Voyez
que de consolation l'on trouve quand
on espère en elle ! Etes-vous malheureux ? Elle vous console par l'espérance qu'elle vous donne de pouvoir aspirer toujours aux bienfaits
de la Divinité, et voir sans honte
votre état. Vous êtes-vous éloigné
du droit chemin ? les passions vous
ont-elles tourmentés pendant votre
jeunesse ? Elle vous laisse l'espérance et vous fait voir que, si tel
est votre désir, vous pouvez encore
aspirer au bonheur des justes. Enfin, en quel état que la fortune vous
place, quelques peines que vous
ayez, quelques malheurs qu'elle vous
fasse éprouver, vous trouvez toujours en elle une aimable consola-

trice, une amie tendre et fidelle, et des consolations sans fins.

» Quinze minutes après avoir reçu l'extrême-onction, mon amie expira, comme je vous l'ai décrit, dans les bras de Zéir et dans les miens.

» Le prêtre, prévoyant combien sa mort causerait de murmure et d'alarmes, se fit accompagner par tous ceux qui l'avaient suivi, de manière que nous fûmes assez tranquilles pendant le reste du jour ; c'est-à-dire, que nous n'étions en tout que mon ami, sa fille, Agélas et moi.

» Pensez quel silence devait régner dans la chaumiére. Personne ne parla de déjeûner ; nous sommes presque restés tous séparés jusqu'à une heure de l'après-midi, où mon ami vint me prier de venir manger un peu de fromage frais. Zéir et moi jusqu'ici n'étions pas encore sortis de la

8

chambre de sa mère; pour elle, elle
était toujours demeurée au pied de
son lit, et moi qui voulais rester,
pour la surveiller, à la même place
que j'avais occupée toute la nuit. Il
paraît qu'Effendy et Agélas étaient
allés, chacun de leur côté, chercher
de la consolation sous quelques platanes solitaires. Zéir ne voulait pas
encore sortir d'auprès de sa mère :
cependant pour complaire à mon
ami, elle quitta cette funeste chambre, mais ne voulut rien prendre.
Le reste de la journée se passa dans
la même tristesse. Je couchais encore ce soir-là chez mon ami, ne voulant pas sitôt le quitter dans une pareille position.

Le lendemain matin, jour où doivent se faire les funérailles des deux
amies, quel spectacle! Vers les six
heures la porte de l'habitation est
assiégée de tous ceux qui connaissaient ses maîtres. Il paraît qu'on

était instruit de la mort de mon amie : les uns poussent des sanglots capables d'ébranler les cœurs les plus durs ; les autres, la tête baissée, gardant un profond silence, se promènent au hasard autour de l'habitation, pensifs et réfléchis ; d'autres enfin, étendus là-bas sur un vert gazon, le foulent sous leurs pieds et l'arrosent de leurs larmes.

» Le prêtre arrive cependant ; chacun se range en haie pour le laisser passer. Le voici qu'il s'en retourne, emportant les corps de nos deux amies : l'une et l'autre, parées de leurs plus beaux vêtemens, sont étendues dans leur cercueil, le visage tourné vers le père du jour. Ah ! quelle différence de la veille ! Je les apperçois pourtant, ces deux amies. L'on croirait qu'elles vont renaître au jour ; leurs cheveux tressés avec art, et leurs têtes ornées de fleurs, semblent encore vouloir faire

revivre leur visage et lui rendre tout
son éclat. Mais, hélas! ni les par-
fums ni les soins du bain n'ont pu
leur redonner l'existence. Ce n'est
que pour rendre plus sensible la
perte de nos amies, que nous les
voyons ainsi à nos yeux : aussi, quels
regrets! quelle douleur n'est point
peinte sur tous les visages! Quels
cris! quels soupirs n'entends-je pas
pousser de tous les côtés!....

» Les trois jeunes épouses cependant, qui devaient se marier quand
Zéir, sont les vraies pleureuses ; elles
suivent, de concert avec leurs amies
et précédées de tous ces bonnes-gens,
dont aucun ne savait trouver de plaisir que dans la société de leur con-
solatrice.

» Pour Hassan - Effendy et moi,
tenant sa fille par la main, nous sui-
vons aussi, la tête baissée et faisant
tous nos efforts pour étouffer notre
chagrin. Zéir, malgré la douleur qui

la déchirait , concentra jusqu'ici sa peine en elle-même, et se noya de larmes sans pousser un seul cri. Une conduite semblable régna , pour ainsi dire, dans tous les-cœurs, et nous n'entendîmes encore que de temps en temps pousser de longs soupirs et de sourds sanglots.

» Nous marchâmes ainsi jusques à l'église du monastère où résidait le directeur de mon amie. Après les prières d'usages , le prêtre se dispose à faire la dernière cérémonie : il s'approche des deux cercueils ; applique ses lèvres sur les joues encore fraîches de nos deux amies, et se retire pour laisser achever aux parens cet acte de piété. Oh ciel ! fut-il jamais un tableau plus lamentable et plus déchirant? Que fais-tu, trop sensible Zéir? A quelle douleur ne t'abandonne-tu pas alors ? Epargnes ces cheveux , si chers à ton amant; ménages ces attraits, dont le ciel se rend si peu prodigue. Pourquoi t'abandonner ainsi à ta douleur? Mais, qu'ose-je dire? tu sens toute la perte que tu viens de faire : personne mieux que toi n'en connut et le prix et la valeur.

» Oh ! mes amis, je la vois encore cette fille chérie : dans sa douleur, elle s'approche pour donner le dernier baiser à celles qu'elle ne va plus revoir ; et, défigurée, abattue, se soutenant à peine, elle invite encore les siens à redoubler de regrets, en prononçant ces mots : « Pleurez, vous tous qui les avez connues ; pleurez, vous tous qui fûtes leurs amis et leurs parens ; pleurez : ce n'est qu'en pleurant que nous pouvons nous consoler de leur perte. O ma mère ! celle à qui tu donnas le jour ne te verra donc plus ! Elle ne pourra plus recevoir tes tendres caresses et tes sages conseils.... Hélas ! quels sont les objets qui ne se

ressentent de l'eloignement de ta présence ? Jusqu'aux êtres inanimés,
jusqu'aux fleurs de notre jardin ,
jusqu'aux arbres de notre habitation et au gazon que tu foulas, tout,
hélas! tout porte déjà le sentiment
de la mélancolie et l'empreinte de
ta perte (1). Oh! qui ne vous pleure-
rait pas, chères amies? qui ne gémirait
pas sur votre sort? Hélas! pour moi...»

---

(1) Quelques, esprits sans doute, s'effa-
roucheront ici de voir que Zéir tient un
semblable discours ; nous avouerons même
qu'il ne nous paraît pas dans l'ordre naturel;
mais le père de C.... nous l'ayant rapporté
comme tenant aux mœurs de ses amis , et
sachant que ses usages antiques ont préva-
lu et se sont conservés chez les Grecs mo-
dernes , nous avons cru nécessaire , comme
dans bien d'autres endroits , de suivre toujours notre guide pour nous conformer
davantage aux mœurs et à la vérité.

Les notes que nous nous proposons de
donner dans la prochaine édition de cet
ouvrage , confirmeront ceci.

C'est vainement qu'elle voulut en dire davantage. Ici, étouffée par ses sanglots, la voix de Zéir ne trouve plus de cours : je la soutiens dans mes bras. On l'emporte, et ses parens, tous ceux qui se trouvent-là, vont embrasser les visages glacés de nos deux amies, en déchirant leurs habits, s'arrachant les cheveux et se meurtrissant le sein. O douleur ! On reprend les cercueils : chacun marche en cet état vers le tombeau.

Enfin, nous voici près de la terre qui doit recevoir les corps de nos deux amies. O ciel ! avec quel œil de regret et de rage chacun fixe ce lieu ! Que son aspect est sinistre ! Comme il effraie l'âme et tourmente les cœurs ! Nous l'approchons cependant : les deux cercueils, mis à côté de l'un de l'autre, sont ensévelis déjà dans cette retraite souterraine.

Le cœur serré de tristesse, voyant que je veux parler, chacun arrête ses sanglots, et prête l'ouïe en silence.

« Chères et tendres amies, qui, pour jamais, allez gîter ici dans la nuit des tombeaux; vous avez fait longtemps le charme et la consolation de deux époux; il est bien de droit que, maintenant jouissant du fruit de vos peines, vous alliez prendre place dans la compagnie des justes. En attendant que, dignes de la même félicité, nos cœurs s'occupent à chercher d'en acquérir l'espoir, recevez nos saluts et nos hommages : épouses à jamais honorées, femmes incomparables, qu'il nous est malheureux cependant d'être obligés de vous quitter! Si, sans profaner votre tombe, nous y pouvons venir répandre quelques larmes, le souvenir de vos bienfaits, éternisant votre mémoire, la rendra pour ja-

mais respectée par nous et par nos
enfans. Adieu , couple inséparable
et si digne d'être uni; adieu, mo-
dèles des plus tendres épouses , des
plus chères mères et des femmes
les plus vertueuses; adieu..... Priez
pour nous..... Et sans doute nous ne
tarderons pas à vous aller joindre
dans la céleste cité. »

En achevant ces derniers mots,
nous tombâmes la face contre terre,
et je fis cette petite prière, que chacun répéta tout bas :

« Père tout-puissant, vous qui
posâtes les fondemens de ce vaste
univers, sur lequel nous voyageons;
vous qui nous envoyâtes votre fils
pour nous racheter et nous rendre
l'innocence qu'avaient perdue nos
pères; veuillez désormais exaucer
nos prières, nous rendre dignes d'être
à même de jouir un jour de votre
présence et de vos bienfaits; ou, si
nous ne devons jamais les mériter,

semblable à ce cultivateur qui coupe tous les arbres et toutes les plantes inutiles à son jardin, tranchez dès à présent le fil qui lie notre âme à notre corps, et ensévelissez-nous dans la nuit des ténèbres avant que nous nous soyons rendus plus coupables. »

Ici, Madame, le bon vieillard fut contreint de s'arrêter : les souvenirs des jouissances qu'il avait tant de fois goûtées avec son amie ; les cruelles peintures que son cœur serré venait de retracer à ses esprits, et peut-être les peines présentes de Sémil et de Zéir, dont la mémoire lui devait être si chère, accablèrent son cœur sensible d'un poids si lourd et si pesant, qu'obligée de succomber sous le faix, son âme, encore attendrie, fut comme forcée de laisser couler quelques larmes.

LETTRE SIXIÈME.

TROISIÈME PROMENADE DU SOIR.

Le Parterre.

LE soleil se lève, Madame, et nous nous levons avec lui. Le ciel est sans nuages ; la voûte céleste ne nous paraît plus qu'un vaste portique, tout de couleur d'azur. Zéphyr a repris son haleine, et la fraîcheur de son souffle va rendre la matinée plus agréable. Le père de C.... nous a joints déjà sur l'immense perron du château, où nous l'attendons depuis un quart-d'heure. La campagne raffraîchie par la pluie de la veille, n'en est maintenant que plus fraîche et plus attrayante à la vue. Les fleurs du parterre que nous avons vis-à-

vis nous, sont d'une couleur si belle
et si riante, que le père de C.... nous
paraît tenté d'y vouloir faire un tour.
Déjà nous sommes à son entrée : rien,
Madame, ne peut-être plus enchanteur ; le tableau surtout qu'il offre
à la vue, est ravissant, et je doute
que les alentours du palais d'Ar-
mide puissent l'être davantage.

Où sommes-nous ? Quel magnifique spectacle ! Est-ce le temple
des arts que nous avons devant les
yeux ou le jardin de la nature ?
D'abord, que vois-je dans les airs,
au milieu de la première allée qui
se présente à mes regards ? C'est un
jet d'eau : il semble que ses pleurs
s'élèvent jusques aux nues ; mais elles
retombent en pluie dans un bassin
de marbre , qui entoure quatre
bosquets de myrthe , marquant le
carré dont il occupe le centre; entre
les deux qui nous font face je vois
la statue en marbre de Calliope,

Plus de cent pieds avant les myrthes,
qui sont devant nous, s'offrent deux
cerbères; ils se regardent l'un l'autre; la distance que l'on apperçoit
entre eux désigne la largeur de
l'allée du milieu; cinquante pas plus
bas, et dans la même direction qui
tire sur leur côté, s'offrent vis-à-vis
deux magnifiques statues : celle que
je vois à ma droite a une couronne
de lauriers ceints sur sa tête, des
livres à ses pieds, et semble presser
une guitare sous ses doigts : c'est
Apollon. L'autre que je vois à ma
gauche a pour couronne un casque
relevé d'un panache, où sont gra-
vées des feuilles de chêne; une lance
à la main, et reçoit de l'Amitié,
que l'on voit représentée en petit
à ses pieds, la livrée des beaux-arts :
c'est Minerve. Ainsi, à chaques coins
du parterre, et de distance en distance, il semble que tout ce que
la fable a de merveilleux s'offre à

nos regards. A ma droite et devant moi, partout j'apperçois les chefs-d'œuvres de l'art. Là sont les statues de Clio, d'Erato, de Thalie et de Melpomène ; ici celles de Terpsicore et d'Euterpe, et plus loin celles de Polymnie et d'Uranie.

Si ma vue pénètre également sous le feuillage des cabinets qui embellissent encore ce charmant lieu, je découvre aussitôt les bustes d'Homère et de Virgile, d'Euripide et de Sophocle ; et plus près de nous, ceux de Milton et du Tasse, de Cor_neille et de racine. Les uns et les autres sont couronnés de festons de guirlandes, qui servent à les garantir des injures du temps.

Entre les statues dont je viens de parler et ces cabinets de verdure, l'on voit de distance en distance de superbes orangers. L'œil apperçoit de même, entre les carreaux du parterre, dont les coins sont mar-

qués par les statues, mille petits
arbres non moins précieux. Mais
nous voici dans l'allée du milieu!
quelles odeurs odoriférantes le zéphir ne nous porte-t-il pas? Quelle
quantité de fleurs et de plantes s'offrent du tous côtés! Flore, voici
ton palais botanique, qui veut te
rendre célèbre; viens admirer ici
toutes les productions de la belle
nature, et démontrer par leurs vertus l'existence de la Divinité.

Je laisse bien des choses derriére,
Madame, de peur d'abuser de votre
patience; aussi revenons donc à notre
histoire.

Comme nous avons prolongé notre
promenade un peu plus tard que
d'ordinaire , et que le soleil fera
bientôt sentir sa chaleur, nous allons
nous mettre dans le cabinet où sont
les bustes d'Homére et de Virgile.

Après avoir fixé quelque temps les
traits de ces deux grands hommes,

le respectable vieillard reprit ainsi :

« Les lieux solitaires, mes bons amis, sont ordinairement le refuge des âmes affligées. Loin du bruit des Cours, des pompes du monde, c'est là que la mélancolie aime à s'égarer et croit trouver des consolations qu'elle espérait vainement de rechercher ailleurs : un cœur sensible et fortement accablé du poids de la douleur, croit pouvoir trouver rarement un remède à ses maux dans la société des hommes, s'il n'a pas surtout un tendre ami dans lequel son âme puisse s'épancher; vous le voyez toujours seul, errant et pensif, rechercher avec avidité les lieux qu'il n'a revus de long temps. C'est là que se contemplait son âme ombrageuse et timide, bien que très-souvent il y ressente des souvenirs plutôt faits pour aggraver ses douleurs que pour adoucir ses maux. Sans doute vous aurez lieu de l'éprouver quelque

**

jour, si jamais, quittant votre patrie,
vous y laissez des lieux témoins, ou
de vos premières jouissances, ou de
vos premières peines.

» Vous ne devez pas douter que ce
ne fut là la position de Zéir. Depuis
la mort de mes deux amies, personne ne pouvait rien gagner sur son
cœur. Elle remplissait les devoirs
de sa mère et les siens, avec une assi-
duité sans bornes, mais sans jamais
rien dire ; après qu'elle avait fini ses
occupations, toujours rêveuse, elle
se promenait autour de la chaumière,
allait, venait, retournait mille et
mille fois dans les mêmes lieux ; les
plus sombres et les plus retirés
étaient ceux qu'elle visitait le plus
et dans lesquels elle restait le plus
de temps. Souvent je la trouvais à
rêver sous ces bosquets que trouble
à peine le murmure des eaux, et
où, naguères, elle allait avec son
ami pour étudier le sublime Ho-

mère et le sensible Virgile : plus
souvent encore , sous cette vaste
allée de platanes , où , pour la première fois , elle lut dans le cœur de
son amant. Mais ici , elle paraissait
plus triste qu'ailleurs : il semblait que
ces lieux étaient plus chers à son âme
et l'attendrissaient davantage ; souvent je l'y voyais de loin , assise sur
le bord du petit ruisseau qui serpen-
tait le long des arbres , la tête à
moitié penchée sur un banc de
gazon et noyée dans ses pleurs.

» Mais ce qui m'affligeait le plus ,
c'était de la voir presque sans cesse
sur la tombe des deux amies , sa mère
et de celle de Sémil. C'est là que ,
le matin au lever de l'aurore , et le
soir au coucher du soleil , je la voyais
à genoux , son joli visage contre terre ,
et les yeux humectés de pleurs ,
sembler invoquer le Très-Haut ; le
prier , ou de lui rendre son amant ,
ou de lui reprendre la vie.

» Le tombeau qui renfermait mes deux amies, était situé près de deux cents pas de l'habitation; un ruisseau l'entourait ; des arbres pleureurs étaient plantés aux quatre coins, qui, de leur ombrage, maintenaient le frais dans ce lieu, et faisaient que le tertre était toujours tapissé d'un vert gazon. Au milieu de la tombe était une pierre de marbre brut, au bout de laquelle s'élevait une petite croix de pareille matière ; tout cela fut l'ouvrage d'Agélas. Voici les vers que j'y mis dessus :

Ici gissent les corps de deux femmes chéries :
Aux pleurs de l'orphelin, ces âmes attendries
Adoucirent ses maux par leurs soins généreux.
Elles ne se plaisaient qu'à faire des heureux.
Pour des bienfaits si doux quel est l'être insensible,
Qui verrait froidement ces actes de leurs cœurs ?
A cette croix, ce marbre et ce réduit paisible,
    Ah ! ne refusons pas nos pleurs.

» Le tertre qu'entoure mon vivier en est l'image ; c'est pourquoi on appelle l'allée qui le traverse, *allée*

du tombeau des deux amies. Le sort
de Zéir m'attristait beaucoup : je
sentais qu'elle ne pouvait pas demeurer long-temps dans cette position ; elle devenait de jour en jour
plus défaite et plus maigre ; les roses
de son visage commençaient à se
ternir, et une triste pâleur semblait
vouloir en prendre la place. Son joli
port et son aimable maintien semblaient avoir perdu leur noblesse ;
ces beaux yeux noirs remplis de feu
n'avaient plus cette beauté naturelle
qui donnait à leur cristallin l'éclat
du diamant ; l'ébène de ses cheveux
n'est plus lissé sur son front, et eux
plus artistement tressés ; malgré tout,
cette situation lui donnait un air
plus touchant, et dans l'abbattement
de son corps et la faiblesse de ses
yeux on lisait davantage la sensibilité de son cœur.

» Cependant, son père et moi,
nous sentions qu'elle ne pouvait pas

demeurer longtemps ainsi ; à chaque instant nous tremblions pour sa santé. Nous apperçûmes que ces lieux lui devenaient plus nuisibles que favorables à cause des souvenirs qu'ils lui rappelaient, et des images qu'ils lui retraçaient.

» Craignant pour ses jours, et que quelque maladie ne vînt les abréger, Effendy me témoigna le desir qu'il aurait de la voir entrer au couvent d'Acrotiri. — « Nous ne devons plus, » continua-t-il, espérer de revoir le » pauvre Sémil et son père ; vous » voyez que les Turcs, par la manière » dont ils agissent maintenant à l'é- » gard des Sphachiotes, sont loin de » vouloir leur rendre leurs prison- » niers. Maîtres de leur république, » ils en ont fait déjà leurs esclaves, » vous savez aussi qu'ils en ont vendu » plusieurs : que sait-on s'ils ne fe- » ront pas de même de nos amis ? Du » reste, vous même, avec Zéir, avez

» tenté tout ce que vous avez pu sur
» le Pacha de la Cannée. Moi, depuis
» que je me suis fait chrétien, je n'ai
» plus de crédit auprès de celui de
» Candie ».

Le Pacha de Candie, mes amis,
avait un pouvoir de plus que ceux
des autres villes ; il était comme le
Vice-Roi de l'île.

Ce fut pour épouser mon amie
qu'Hassan-Effendy s'était fait chrétien pendant qu'il était Pacha de la
Cannée ; car il faut vous apprendre
qu'il naquit dans la religion de
Mahomet : cette action lui avait attiré
la haine de tout le monde ; depuis il
fut toujours mal regardé des siens ;
et comme il avait l'âme très-élevée
et qu'il était d'un naturel très-fier,
ce fut sans doute la raison pour laquelle il ne voulait pas aller supplier
en faveur de Zéir auprès de ses
égaux. — « A présent je n'irai donc
pas, reprit-il, les prier instamment

pour tâcher d'obtenir une grâce qui ne me serait pas accordée ; je crois que, tout bien pesé, c'est le meilleur parti que nous ayons à lui faire prendre.

De plus, vous voyez qu'il est absolument nécessaire pour conserver sa santé, et peut-être sa vie, qu'elle quitte ces lieux : si cependant nous voyons que l'état de religieuse ne lui convienne pas, je suis fort éloigné de vouloir profaner la religion, et lui mettre entre les mains un objet qui n'en serait pas digne. Je ne veux pas non plus devenir père barbare en la forçant d'embrasser une profession contre son cœur. Eh ! mon bon ami, vous le savez sans doute autant que moi, s'il faut dire ce que je pense, je la préférerais bien mieux auprès de ma caducité ! Vous perdant sous peu, puisque vous devez quitter Candie dans quelques mois, elle seule pourrait me consoler de votre perté , me rendre votre absence supportable , et m'en adoucir les maux. Mais vous ne l'ignorez pas non plus, la conservation de sa vie me doit être aussi chère que la mienne propre, et je dois chercher les moyens qui peuvent servir à la lui prolonger. Le couvent d'Acrotiri, poursuivit-il encore, me paraît plus propre que tout autre à lui faire oublier son amant et la mort de sa malheureuse mère. La paix et la tranquillité de ce couvent; la manière dont y vivent ses religieuses ; la tâche que chacune d'elles y remplit; ce charmant usage qu'une jeune s'allie avec une autre plus ancienne qu'elle ; l'avantage de n'y faire d'autre vœu que celui de virginité, et de n'y être point cloîtrée ; tout cela, dis-je, me paraît très-propre à la situation présente de Zéir ».

« Je vis qu'en effet c'était le meilleur parti, si la fille de mon ami ne

9

pouvait enfin bannir son chagrin, et
supporter avec courage le feu de sa
passion ; or, c'est ce qui survint après
la mort de sa mère : elle était encore
plus défaillante qu'au bout de quinze
jours.

« A la prière de son père, je résolus
donc de lui apprendre tout ce qu'il
m'avait dit : sa résistance fut faible ,
car je voyais que réellement elle
cherchait de la consolation ; et sans
m'annoncer   précisément   qu'elle
consentait d'entrer dans Acrotiri ,
elle me dit que l'état de religieuse
était très-beau lorsqu'on pouvait s'en
rendre digne ; que si Dieu paraissait
l'apppeler à lui , elle s'empresserait
de s'abandonner à cette divine ins-
piration , puisque nous ne devons ,
ajouta-t-elle , que chercher à faire
les volontés de celui qui nous a tout
donné. Je crus alors pouvoir parler
de ses dispositions au couvent d'A-
crotiri ; et c'est ce que je fis un jour
que j'en allai voir la supérieure.

Ce couvent, mes amis, avait sa situation entre le Corps Mellec et la Cannée : son promontoire s'étend au Nord et à l'Est de cette ville ; et suivant la plus commune opinion, sa tête avait plus de six lieues de circuit (1).

Tous les avantages dont me parlait Hassan-Effendi se trouvaient en effet dans le couvent d'Acrotiri ; chaque cellule était occupée par deux religieuses de différent âge, l'une vieille et l'autre jeune ; et comme je vous l'ai déjà dit, un bon prêtre leur allait dire la messe dans une chapelle qu'on voyait bâtie au centre de leur habitation. Elles s'aimaient, se rendaient tous les services d'une tendre amitié ; elles possédaient un enclos

_____

(1) Ce que le père de C..... dit ici, Madame, comme dans plusieurs autres passages, est avoué par les voyageurs.

en commun , qu'elles cultivaient de leurs propres mains.

« Dans cet enclos particulier, elles faisaient croître tout ce qui leur était nécessaire , en faisaient leur jardin et leur verger, et s'amusaient à élever des abeilles et des vers-à-soie ; elles recueillaient pareillement du coton qu'elles filaient elles-mêmes , s'aidaient mutuellement dans tous leurs besoins , ne formaient qu'une société de sœurs. Ces religieuses vivaient toujours avec aisance et dans une honnête simplicité qui faisaient leur bonheur.

« Je n'eus pas plutôt instruit la supérieure du couvent d'Acrotiri , des desseins d'Hassan-Effendy , qu'elle témoigna le plus grand desir d'avoir Zéir pour sœur : elle-même vint un jour, avec d'autres religieuses , à l'habitation, pour chercher à la décider. La gaîté naturelle de ces dames , leur conversation riante , ingénue et pleine d'esprit, et, joint à cela, leur extrême douceur et toutes nos prières, déterminèrent bientôt Zéir, qui sentait elle-même combien elle souffrait dans sa position présente.

Elle y entra donc, et ce fut deux mois après la mort de sa mère.

Pendant les quinze premiers jours, elle fut assez tranquille; mais lorsqu'il en fallut venir à la préparation de son vœu de virginité, elle sentit alors tout le vide de son âme, et combien il lui faudrait de temps pour pouvoir se rendre digne de le prononcer. Cette pensée même ôtait à son esprit toute tranquillité; et bien qu'elle cherchât à s'y disposer par de fréquentes prières, faites à l'Éternel, elle ne pouvait un instant oublier son amant, et combien il lui serait doux de pouvoir passer ses jours auprès de lui et de son père. Au lieu de prier pour la préparation

de son vœu, elle priait donc plus
souvent pour la liberté de son amant;
ainsi, à l'instant où l'on la presse le
plus de s'y préparer, tout le feu de
sa passion se ranime; chaque chose
qui peut la lui rendre chère vient
s'offrir à sa mémoire. Les prédictions
de sa mère, un espoir qu'elle ne
voit pas, mais qui cependant nourrit
toujours son âme, la maintiennent
encore; mille souvenirs flatteurs
viennent se présenter à sa mémoire.
Elle croit toujours être avec son jeune
amant; sa raison s'égare et lui représente à chaque instant les objets les
plus propres à flatter son espoir. C'est
ici, se dit-elle intérieurement, que je
le vis pour la première fois; c'est ici,
que promenant avec lui dans cette
allée de myrte, je jouissais du doux
plaisir de le remarquer à mon aise, et
de contempler toute la beauté de
ses jolis traits : voilà l'arbre sous lequel nous faisions tous les deux de

si douces lectures ; plus loin , voici celui où j'ai mille fois gravé nos chiffres , la date de sa première en=trée à l'habitation , son âge et les principales circonstances qui me l'ont fait connaître. Mais quelle merveille! Comme ils ont grandi! Chaque lettre s'est épaissie avec l'é-corce de l'arbre ; leurs traits sont plus marqués, plus distincts, et sem-blent vouloir être pour l'avenir un témoin oculaire de nos premières jouissances. Voici le banc de gazon sur lequel il m'entretint de son amour : voici l'autre encore où ma main timide reçut le premier bai-ser. Qu'il était brûlant ce baiser ! quelle sensation ne me procura-t-il point! comme il était doux à mon cœur! comme il me peignait bien notre naissant amour! C'est encore ici que je lui fis part de mes senti-mens. Voici les lieux où je lui pro-mis de lui consacrer ma vie, de ne jamais accepter d'autre main que la sienne; ici..... ah! mon cœur tressaille à ce souvenir! Voici le banc sur lequel, dans un doux délire, la veille du jour où je ne devais plus le voir, sa raison s'égarant, si je ne m'y fusse opposée, il allait atteindre au comble du bonheur, et me prouver son grand amour; enfin, voici cet autre, où le malheureux, s'il eût un peu plus tenté, s'il n'eût pas craint d'alarmer ma pudeur, s'il n'eût pas fini, s'il m'eût dit avant de nous quitter que nous ne devions plus nous revoir, aurait peut-être. ... Ah! où suis-je? où m'égare moi-même une funeste passion? Eh bien! Zéir, si ton amant, plus téméraire..... si, te pressant entre ses bras, il eût..... qu'aurais-tu donné pour excuse? Quelle honte pour toute ta famille et pour toi!.... Que serait devenue ta mère au lit de la mort, si toutefois elle l'avait su?

Que serais-tu devenue toi-même,
ayant perdu l'innocence, ce bien si
doux et si précieux? que deviendrais-tu maintenant? en quel lieu
de la terre porterais-tu tes pas? dans
quel embarras ne serais-tu point?
que penserais-tu? que ferais-tu?
Sans cesse accablée de remords, l'i-
mage de ta mère te poursuivant
partout et te reprochant toujours
ton crime; un bon vieillard, le plus
tendre des pères, le plus vertueux
des hommes, déhonoré par sa fille;
ta vertu perdue; les sages lois d'une
religion sainte violée; un Dieu, vengeur du crime, un glaive à la main,
te poursuivant sans cesse; que serais-tu devenue en un pareil état?
La mort.... la mort.... voilà toute ta
ressource! Certainement tu pourrais te la donner; mais que serait
donc devenue cette femme si forte,
si glorieuse de ses hauts sentimens
et de sa vertu, dont l'âme se croit

si noble et si élevée, et qui se glori-
fie de pratiquer avec tant de plaisir
la plus sainte des religions? Etait-ce
pour tout perdre en un jour, vertu,
honneur, piété?

« O mon Dieu! ô Dieu juste et bon
qui vois toute ma faiblesse et connais
cependant la pureté de mes sentimens! dis-le moi, prononce au fond
de mon cœur ta volonté. Suis-je
digne d'être mise au rang de tes
servantes? Puis-je, sans crainte,
faire un vœu que je ne suis pas sûre
de pouvoir tenir? En le faisant, ne
t'outragerais-je pas? Ne prononce-
rais je pas moi-même sur tes saints
autels l'arrêt de ma condamnation,
et ne m'ôterais-je pas par-là toute
espérance de salut à venir? O Dieu
puissant! toi qui lis dans mon cœur
et reconnais combien il est petit,
éclaire mon âme; ôte de devant mes
yeux ce voile de ténèbres qui m'empêche de bien voir; que l'amour ne

m'égare point; que de fausses illu-
sions ne viennent point me séduire.
Crois-tu, mon Dieu! crois-tu que je
pourrais oublier mon amant, et
bientôtéteindrele feu de maflamme?
Ah! si je le puis, si je peux en effet
lui ravirmon cœur pour te le donner
tout entier; si mes sermens ne sont
plus rien; si la foi que je lui donnai
peut-être trahie sans indignation,
alors je vole aux pieds de tes autels;
alors je fais serment d'être toujours
à toi; alors je ne fais, ne desire que
ce qui peut te complaire. Mais, mon
Dieu! c'est en vain que je m'efforce
de vouloir être à toi : plus je pense,
plus je réfléchis, plus je me crois indigne de devenir l'épouse de Jésus-
Christ. Mon âme ne peut plus supporter cette pensée; elle craint même
que chaque mot que je dis ne l'outrage, et que sa bouche ne le profane
toutes les fois qu'elle ose prononcer
son nom. Mais, supposé que j'en se-

rais digne, ne lui ferais-je pas plus de
plaisir en restant avec mon père ?
N'exige-t-il pas lui-même que je retourne auprès de lui ? que j'aille le
consoler de sa perte ; adoucir l'amer-
tume de ses chagrins ; devenir la
consolation et l'appui de sa vieillesse ;
et lui payer ainsi, en lui faisant retrouver son épouse dans sa fille, dix-
huit ou vingt années de peines et de
soins dont je lui suis redevable ? Et,
de plus ; que m'as-tu dit en mourant,
ma mère ? Ce que tu me dis alors,
ton ombre ne me le dit-elle pas encore ? Tu crois, tu penses que je serai
mère un jour ; ton image dit sans
cesse à mon cœur qu'il faut que je
suive le cours des choses humaines ;
que je dois me conserver pour un
époux, un père et des enfans ; me
tromperais-tu ? Voudrais-tu sans cesse
m'abuser ? Me ferais-tu donc encore
espérer vainement ? O non, non, je
ne puis le croire. Je pense que tes

décrets sont plus sûrs que ceux que
me suggère l'égarement de mon imagination.

« Voilà, mes bons amis, les combats
qu'elle avait à soutenir à chaque instant ; sa malheureuse passion la tour-
mentait sans cesse. Lorsqu'elle avait
fait quelques pas vers la religion, l'espoir de revoir son amant, de jouir du
bonheur d'être un jour avec lui, la
faisaient bientôt changer de vues et
de pensées. Aussi n'était-elle jamais
tranquille ; aussi, tourmentée nuit et
jour, ses esprits, son cœur, son âme,
étaient-ils sans cesse en agitation.

« Voici ce que la supérieure d'A-
crotiri m'écrivit un jour : « Vous savez,
M. l'abbé, avec quel plaisir mes
sœurs et moi reçûmes la fille de
votre ami dans notre couvent : vous
ne doutez pas non plus combien nous
nous glorifions d'avoir encore une
aussi aimable personne avec nous ;
mais cependant je crois que je suis

óbligée de vous parler un peu de sa
situation, afin de vous mettre à même
de pouvoir juger l'état de son âme.
Il paraît que nuit et jour elle ne dort
pas; que, poursuivie d'un mal secret
qui la ronge, son âme est sans cesse
à combattre avec elle-même. Elle
aime beaucoup la paix du silence;
et l'on sent, par les efforts qu'elle
fait pour se complaire avec nous,
que son âme y est encore bien gênée.
Notre solitude, par exemple, si effrayante pour d'autre, paraît assez
être de son goût; mais je crois que
loin de lui devenir salutaire, elle ne
fait au contraire que nuire à son mal.
Chaque matin et chaque soir elle
quitte sa compagne pour aller rêver
seule sur les rochers qui nous entourent : c'est là que nous la voyons
fréquemment à l'entrée de la nuit
ou à la pointe du jour assise sur leur
cîme, couverte de touffes d'arbou-
siers et de la fleur du thym. Triste et

silencieuse, la tête appuyée sur sa
main droite, le plus souvent elle
s'oublie des heures entières. Mais ce
qui nous peine beaucoup, c'est
qu'elle n'en sort jamais très-calme.
Plusieurs fois nous l'en voyons revenir les yeux rouges des pleurs
qu'elle paraît avoir versés; d'autres
fois nous l'entendons même parler
et sembler se débattre avec elle-
même. Enfin l'autre jour, allant dans
plusieurs endroits où nous savons
qu'elle va se promener ordinairement, nous vîmes presque partout
des chiffres gravés sur les rochers,
et des inscriptions qui paraissaient
analogues à sa situation présente. Ce
serait encore peu si c'était là tout.
Nous avons su même qu'elle se levait
quelquefois au milieu de la nuit en
jetant plusieurs cris : mais d'abord,
pensant que c'était là l'effet de
quelque songe dont son imagination
avait été fortement frappée, nous

ne trouvions pas nécessaire de l'en
avertir. Bientôt nous reconnûmes
nous être abusées, et que ce n'étaient
pas des songes qui causaient ses dé-
sordres, mais bien plutôt un mal
secret. Une nuit que le temps était
beau, le firmament tout couleur
d'azur, et le clair de la lune très-
brillant, sa compagne la vit pros-
ternée au milieu de la chambre; elle
était aux pieds d'une table sur laquelle elle avait mis un crucifix, et
dans cette position elle priait à haute
voix; mais elle l'a remarquée se
couper dans ses paroles, répéter neuf
ou dix fois la même chose, et demander une grâce au Seigneur, que
bientôt après elle semblait combattre. Enfin, une autre fois, elle l'y
vit toute en pleurs, les cheveux en
désordre, le visage à-la-fois pâle,
rouge, effaré, et prononçant le nom
de vœu qu'elle paraissait fortement
redouter. Lorsque vous ne m'auriez

pas dit qu'elle avait aimé, croyez-
vous que, d'après ces indices, je ne
l'eusse pas connu? Pour moi, je n'ai
rien à conseiller à votre ami; mais
je crois que le mariage siérait bien
mieux à sa fille que l'état de religieuse. Du reste on s'apperçoit aisément de la manière dont elle fut
élevée, des hauts sentimens qu'elle
a; et l'on voit qu'avec sa beauté,
si jamais femme pût faire la félicité
d'un homme, ce sera sans doute
Zéir. Je plains de tout mon cœur la
position de cette enfant, d'ailleurs
si estimable; je sais combien nous
perdrons si elle nous quitte. Mais
vous convenez cependant que, dans
un pareil état, elle ne peut pas faire
son vœu, et que nous-mêmes ne
pouvons pas réellement l'y forcer.
Du reste, vous savez encore que
notre état n'est pas propre à toutes
les âmes, et que Dieu ne donne pas

* *

la force d'en supporter les devoirs à
tout le monde ».

 » Adieu, mon cher Abbé ; faites
voir cette lettre au père de Zéir.

 » La supérieure d'Acrotiri,

    A. DE B***. »

Quelque temps après avoir reçu
cette lettre , j'en reçus une autre de
Zéir ; la voici :

 « C'est vainement , M. l'Abbé ,
» que je veux travailler à contenter
» mon père : l'affreuse situation de
» mon âme m'empêche de faire un
» vœu dont je ne me sens pas digne.
» Nuit et jour l'image de ma mère
» me poursuit, me criant sans cesse
» que je serais épouse et mère. Ma
» malheureuse passion ne me laisse
» pas tranquille : c'est très-inutile-
» ment que j'essaie de la repousser;
» elle semble s'aggraver avec les
» difficultés qui s'opposent à ses dé-
» sirs. Ce n'est pas que je ne trouve
» beaucoup de douceur dans l'état

» de religieuse : je crois même que,
» si je n'eusse jamais connu Agélas,
» cet état aurait pu faire ma félicité.
» Mais, mon ami, je l'ai connu ; en
» le connaissant, j'ai connu l'amour :
» c'est ce qui fait tout mon mal.

» Vous savez cependant si je n'aime
» pas la religion et mon Dieu : je
» doute que d'autres personnes ad-
» mirent plus que moi et la sainteté
» de ses dogmes, et la pureté de sa
» morale, et la vérité de sa doctrine.
» Vous savez si ses principes ne sont
» pas tous gravés dans le fond de
» mon cœur, ou si je balancerais un
» moment entre refuser de croire et
» celui de perdre la vie. Oh ! non !
» Religion sainte ! tu n'en doutes
» pas toi - même ; tu sais combien
» mon pauvre cœur et t'admire et
» t'honore ; tu sais qu'il ne trouve
» rien de si parfait, rien de si beau,
» rien de si grand que toi ; tu vois
» les efforts que mon âme fait sans

» cesse pour t'approcher. La mort.....
» la mort..... tout l'univers déchaîné
» contre moi ne me ferait pas chan-
» ger ni de croyance ni de sen-
» timent. Oui, grandeur de la re-
» ligion ! oui, vérité sublime et
» touchante ! vous seules méritez
» l'hommage et le culte des mor-
» tels ; vous seules êtes capables d'é-
» lever l'âme au-dessus de sa prison
» pour lui faire aimer et contempler
» un objet digne d'elle.

» Malgré tout, mon bon ami,
» malgré tout, je sens que je ne
» prie pas l'auteur de cette religion
» comme je le devrais. Sans cesse
» occupée de mille objets, mon ima-
» gination, au moment même où je
» me prosterne pour l'adorer, me
» préoccupe, me rend distraite, et
» fait que souvent j'ai passé des
» heures entières aux pieds de la
» vénérable image de Jésus-Christ
» sans avoir fait un acte de contri-

» tion bien comme il faut. Cepen-
» dant Dieu sait si, lorsque je m'y
» mets, ce n'est pas dans toutes les
» dispositions possibles : voilà d'où
» vient que quelquefois je suis forcée
» de prier à haute voix, de mettre un
» peu de feu dans mes discours ;
» parce qu'alors mon imagination
» m'occupe moins, et que j'ai plus
» de force sur elle.

» Jugez, malgré tout, si, dans
» un pareil état, je puis sans crainte
» et sans trembler sur le couroux
» céleste, aller me jeter au pied des
» autels et contracter des engage-
» mens, auxquels je ne me sens
» seulement pas digne de penser.
» Ah ! mon cher de C...., vous qui
» connaissez mon cœur et combien
» il aime ; vous qui savez quelle est
» sa faiblesse, et voyez toute ma
» passion ; jugez, jugez si tout le
» temps que je passe dans ces cel-
» lules, je ne les profane pas, et ne

» les rends pas indignes chaque jour
» des saintes personnes qui les ha-
» bitent. Je le sens trop, des devoirs
» auxquels je suis et plus propre et
» plus digne m'appellent auprès de
» mon père, et me permettent mieux
» de penser aux moyens qui peu-
» vent me rendre mon amant et le
» sien. Pensez-y bien, mon ami; en-
» gagez-le à tenter auprès de ses
» anciennes connaissances tous les
» moyens propres à nous faire ren-
» dre nos prisonniers. N'est-ce pas
» un devoir que l'amitié, l'amour
» et l'état de sa fille, réclament;
» car, je vous l'avoue, c'est en vain
» que tout s'élève contre nous; les
» prédictions de ma mère s'accom-
» pliront; tout me dit que nos amis
» nous seront rendus, et que vous
» verrez mon hymen avant même
» votre départ.

» Adieu, M. l'Abbé, puisse cette

» espérance s'exaucer ! En atten-
» dant je.....

ZÉIR , *née Hassan-Effendy.* »

« Vous voyez que ces deux lettres
s'accordent bien, et que tout ce que
me disait l'une m'était prouvé par
l'autre. D'après cela j'agis en consé-
quence , et me proposai de déterminer Hassan - Effendy à se donner
tous les mouvemens possibles pour
chercher à revoir Jules et son père. »

Ici, Madame, le père de C.... fut
interrompu par la petite fille de sa
sœur, qui vint fort librement lui
prendre la main pour l'entraîner
derrière le cabinet où nous étions;
elle nous assurait que sa maman,
venue depuis deux jours pour rendre visite à son oncle, avait apperçu
sur un peuplier un petit nid de char-
donneret. Vous savez ce que c'est
que les enfans : celle-ci, qui pouvait avoir neuf à dix ans, voulut à
toute force que nous fussions le lui

attrapper ; elle tirait M. Jules par la main, son grand-père par la robe, et fit si bien enfin qu'elle nous contraignit de faire à sa volonté.

Après le nid pris, regardé, donné même, nous voulûmes nous en retourner ; mais cela ne nous fut pas possible : la petite importune eut toujours quelque chose à nous demander et d'autres à voir, de manière que l'heure du déjeûner vint sans que nous ayons pu reprendre notre histoire.

LETTRE SEPTIÈME.

TROISIÈME PROMENADE DU SOIR.

Le Tombeau.

Nous voici de nouveau, Madame, dans le parterre, et la lune faisant le tour du globe céleste éclaire toutes les parties de notre horizon. Déjà nous l'avons traversé; nous sommes maintenant dans *l'allée de Zéir*, qui prend son entrée au cabinet du Tasse : de grands chênes s'élèvent à son côté droit, et nous empêchent de bien voir les peupliers qui sont à quelques distances.

Cette allée était nommée ainsi, Madame, parce qu'on y voit au bout une superbe grotte taillée dans le rocher, où cette adorable amante

10

est représentée soignant la blessure d'un malheureux étendu à ses pieds. Ne vous semble-t-il pas reconnaître cet infortuné?..... Ah! s'écrie Jules, transporté de joie! mon ami, voilà! voilà notre bonne Zéir, soignant un Turc, dont les frères si cruels retiennent Sémil et son père en prison. C'est la récompense qu'on devait lui rendre!.... Mais que vois-je gravé au dessus de cette petite fontaine! ah! des vers!

Il lit ces quatre vers :

A l'exemple touchant de cette jeune amante,
Qu'à plaindre le malheur nous soyons prévenus;
Et, n'oubliant jamais qu'elle fut bienfaisante,
Pour avoir son bon cœur acquérons-ses vertus.

Après que nous eûmes admiré la sublime rusticité de cette grotte, tant elle imitait bien ce qu'elle représentait, nous nous tournâmes à droite dans une autre allée.

Celle-ci est appelée *allée de la chaumière*. Lorsqu'on est arrivé vers

le milieu, on y voit en effet l'habitation de notre aimable famille.
Les lits de Zéir, de son père et de
sa mère, y sont marqués. On apperçoit leur bibliothèque, composée
de quelques fragmens de l'Iliade,
de l'Odissée et de l'Enéïde. Le livre
de l'Evangile y paraît de même,
avec une ancienne Bible. On n'a pas
oublié non plus de représenter par
côté la chèvre et la brebis qu'ils
avaient. Enfin voici les vers que
l'on lit à la porte de la chaumière :

Par la tranquille paix et l'aimable douceur
Qui régnèrent longtemps sous ces chaumes rus-
    tiques ,
Croirons-nous désormais ne trouver le bonheur
Q'aux lieux où nous voyons de superbes portiques?

En montant un peu plus haut dans
la même allée, on en voit une autre
appelée *allée des prisonniers*. Cette
allée tourne et aboutit au parterre
en se terminant au cabinet de Milton. Mais nous redescendons en

nous promenant vers l'allée de la chaumière. Dès que nous sommes arrivés vers son milieu, nous tournons sur notre gauche : et nous voyons..... Quoi ?.... Comme tout-à-coup nous passons des objets agréables et doux aux objets tristes et touchans! Que vois-je devant moi? Dans quel lieu sommes-nous? Que de magnifiques peupliers élèvent leur cîme jusqu'aux nues! Quelles nombreuses quantités d'oiseaux de toute espéce! Comme ces lieux ont quelque chose de désert et de sauvage! comme ils sont bien le modéle de la belle nature abandonnée à elle-même!

Ici, Madame, point d'art davantage : tout y paraît grotesque et semble avoir été fait par cette déesse, aussi ancienne que le monde. Devant nous s'offre un tertre élevé au milieu d'un étang : sur ce tertre sont plantés quatre arbres pleureurs; par la manière dont ils sont rangés , ils démontrent la forme d'un tombeau. Entre les quatre arbres l'on voit une pierre de marbre, sur laquelle sont gravés quelques vers. En tête de cette pierre est aussi une croix de marbre, de la hauteur de cinq à six pieds; tout le reste du tertre est couvert d'un gazon toujours frais et fleuri. L'étang qui l'entoure est un immense vivier rempli de poissons, et dont les bords opposés au tertre sur lequel est le tombeau des deux amies, sont plantés de hauts peupliers. A quelques pas du vivier est une espèce de grand précipice, qu'un rocher couvert de mousses et de petits arbres entoure de tous côtés : nous y descendons ; c'est une fontaine belle et rustique, qui sert à renouveler l'eau du vivier toutes les fois qu'on le veut, et qui, par des canaux souterrains, fertilise les lieux des envi-

rons. On descend dans cette charmante et triste fontaine comme on
monte sur le tertre du vivier, lorsqu'on veut aller voir le tombeau;
c'est-à-dire, par des petits escaliers
en pierre, toujours couverts de gazon ou de mousses.

Voilà, Madame, comme vous
voyez, une belle imitation du tombeau des deux amies dont nous a
parlé le père de C...., et l'on sent,
pour avoir besoin que leur corps y
soit, que la pensée ne peut pas
même s'y refuser. Cependant, après
y être allés lire les vers que le père
de C.... nous rapporta et qu'il avait
fait graver, nous sortîmes de ce
lieu, nous appercevant que la sensibilité du cœur de notre vieillard
ne pouvait le voir sans émotion.

Ce fut sur un coteau magnifique
et tout proche de ces sites tristes,
mais enchanteurs, que le bon vieillard reprit ainsi son histoire :

« Lorsque le cœur, mes bons amis, est fortement occupé d'un objet, et qu'on est entraîné vers lui par la seule impulsion de la nature, et non par le caprice des désirs momentanés ou d'une extrême passion, l'on est presque sûr que tôt ou tard on parvient à l'obtenir. Enfin, après tant de peine nos amans vont pourtant recouvrer le bonheur, ces amans dont jamais n'approcha la bassesse; si tendres, si vertueux et si dignes d'être unis. »

Ici, Madame, Jules fit encore un si grand mouvement de joie, que le père de C.... fut obligé de s'arrêter un instant; cependant voici comme il reprit :

« Trois jours après que j'eus reçu la lettre de Zéir, l'on vint m'en apporter une dans l'appartement que j'occupais à la Cannée. Quelle heureuse sensation n'éprouvai-je pas

lorsque je vis l'adresse de cette
lettre. écrite par la main de Sémil!
Je ne doutai point alors qu'elle ne
fût de lui, et que, sans doute, après
bien de la peine, il avait trouvé les
moyens de me la faire parvenir.

A l'instant je courus au couvent
d'Acrotiri, j'embrassai notre pauvre
amante que je trouvai seule sur les
rochers voisins; et la pressant entre
mes bras : « Lisez, lisez cette lettre,
lui dis-je. » Aussitôt elle la regarde,
la décachette en tremblant, et semble à peine ose l'ouvrir. En voyant
l'écriture de son ami, elle fit un si
grand mouvement, que je craignis
bientôt de la voir se trouver mal;
enfin, voici ce qu'elle y lit :

« Bénit soit le ciel qui me procure
un si doux avantage! Je t'écris par
le plus grand des hasards. Lis cette
lettre, adorable Zéir, et cherche
les moyens pour, empêcher notre

départ, que peuvent te suggérer et ta constance et ton grand amour. »

» A ces mots : *Empêcher notre départ,* mon amie tressaillit, laissa tomber la lettre de ses mains, et s'évanouit entre mes bras. Cependant au bout de quelques instans, je la vois qui veut ranimer ses forces : elle fait un mouvement, ouvre les yeux et continue de relire la lettre à haute voix :

« Oui, ma bonne amie..... Il serait inutile de vouloir te le cacher..... Je sens combien ton âme va s'attrister à cette affreuse nouvelle..... Si, dans huit jours, mon père et moi ne recouvrons la liberté, nous partons, nous partons pour Constantinople..... Je serai contraint de m'éloigner encore davantage de ma Zéir..... Comment en supporter la pensée !.... Quels affreux tourmens s'offrent à moi dans l'avenir.....

Quoi! mon aimable moitié!.... quoi!
la bien-aimée de mon cœur! Je
serai forcé de te fuir..... Nous ne se-
rons donc pas....? Tout notre grand
amour sera donc vain ?.... Les fidèles
amans de la vertu n'auraient-ils
jamais pour récompense que des
calamités? O ma Zéir! Non! non!
je sens que je l'offense en ce moment..... elle daignera voir nos malheurs et prendre pitié de nos
maux,.... C'est une déesse bien
douce, ma bonne, pour ceux qui
lui sont fidèles. Jusques ici nous
avons toujours vécu sous son aimable empire..... elle a fait épreuve de
nos cœurs..... elle a vu leur innocence, et sans doute elle y sou-
rira..... Celle qui sait nous donner
la force de vaincre nos passions.....
saura sans doute aussi nous fournir
les moyens propres à nous faire vaincre tous les obstacles..... Espérons
donc, Zéir; que nos cœurs ne s'a-

battent pas sous le faix de la douleur. Aidons-nous, elle nous aidera.

» Voici, ma bonne, en peu de
mots, ce qui serait cause de notre
départ, si nous ne pouvions le pré-
venir.

» Deux bâtimens de Constantinople sont arrivés dans le port de
la Cannée depuis quelques jours;
les officiers qui les montent ont
ordre de prendre deux cents des
prisonniers qui sont enfermés dans
ses murs. Mon père et moi sommes
compris sur la liste de ceux qui sont
choisis pour compléter le nombre.

» C'est le geolier, à qui tes pleurs
arrachèrent des larmes, lorsque tu
vins avec notre ami et le bon Agélas pour nous voir, qui vient de
nous en instruire. Ne vas pas croire
cependant que ce soit lui qui reçut
cette lettre : aussi insensible pour
tout le reste que le pourrait être
un rocher, j'ai toujours fait de

vains efforts pour essayer de lui faire accepter quelques mots. Voici comment j'ai pu te faire passer cette léttre :

» Etant parti avant-hier pour un petit voyage, sa femme l'a remplacé dans ses fonctions. Quoiqu'elle ne soit guéres plus douce que son mari, elle est pourtant plus facile à persuader : à force de la prier, elle s'est enfin chargée de remettre celle-ci à notre ami.

» Vois, ma bonne amie, si le ciel nous abandonne; vois, si ce n'était de cette occasion, ce que nous serions devenus. Espérons donc encore en la clémence de Dieu. O douce Zéir ! ne te désespére pas : quelque chose me dit qu'avant ce terme fatal nous trouverons un heureux moyen pour la délivrance de mon pére et de moi.

» Toutefois cependant, si le moment de nous réunir n'était pas

encore venu ; si le ciel , voulant
éprouver nos cœurs , nous éloignait
l'un de l'autre, ô Zéir! je crois que
je n'ai pas besoin de vous le dire ,
vous savez que mon cœur est à
vous depuis longtemps ; vous savez
combien il aime et quelle est la
force de son amour. Si je croyais
que vous en doutassiez un moment,
quel malheur pour moi ! quelle
peine mon âme ne ressentirait-elle
pas ! que de maux vous lui prépare-
riez ?.... Vous! douter un instant de
mon amour !.... ma Zéir, incertaine
de ma fidélité ! Oh ! non ! je ne le
puis croire : jamais cette affreuse
pensée n'entrera dans mon cœur.....
Oui, chère moitié de moi-même!
je te serai fidèle jusqu'au dernier
instant de ma vie. Quelques peines
que nous ayons , quelque constance
qu'il nous faille , quelques efforts
que fassent les hommes pour nous
empêcher de nous réunir , jamais,

jamais ils n'y réussiront. Semblables au tronc de ce chêne que la coi-
gnée ne peut couper sans que sa
cime tombe et meure au même instant ; ainsi, nos cœurs, étroitement liés jusqu'au tombeau, ne
pourront éteindre leur flamme sans
que quelque partie d'eux - mêmes
ne soit entièrement détruite.

» Pour moi je ne demande point
de promesse de ta part, fille adorable ; je connais trop bien la sin-
cérité de ton cœur, son amour et
sa forte passion, p our exiger désormais d'autres sermens. En effet,
quel bizarre caprice me ferait douter de l'amour de ma bien-aimée ?
Ne sais-je donc pas que ma vie
lui sera toujours aussi chère que
la sienne ? que ses sentimens, ses
goûts, ses désirs, n'aspirent, pour
atteindre le comble de la félicité,
qu'au moment de s'unir aux miens,
de les complaire en tout, et de les

satisfaire jusqu'à ce que mon âme,
quittant cette terre d'exil, éteigne
toutes ses facultés! Non, douce et
chère Zéir; non, tendre moitié de
moi-même; non, je ne douterai
jamais de tes sentimens, de ton
amour, de ta passion pour moi.

» Je ne désire plus de nouveaux
sermens. A jamais unie à la tienne,
mon âme ne s'en séparera jamais :
les chaînes qui unissent nos cœurs
sont trop fortes pour oser croire
qu'elles puissent être rompues. Espère donc, ma bonne amie! Ne va
point te laisser consumer par une
folle crainte et par ta douleur. Vis
en paix, fille à jamais aimée, ado-
rée et respectée. Console ton âme;
parfume-la de la fleur de l'espérance ; et crois que la vertu sera
toujours plus forte que ne le seront toutes les forces de la misère
humaine.

» Adieu, chère moitié de moi-

même, adieu..... Je ne sais quel espoir m'abuse; mais, si j'en crois ce
que je sens, nos cœurs seront bientôt unis.

» Des prisons de.....

» *Ce* 10e. *jour de la lune*, 1722.

SÉMIL. »

« Cette lettre, toute affligeante
qu'elle est par sa nouvelle, vint cependant rendre le calme et l'espérance au cœur de Zéir.

« Eh bien! mon bon ami, me dit-
elle en me prenant la main pour me
faire asseoir sur la pointe d'un des
rochers que nous avions à nos pieds,
que dites vous de cette lettre? Que
serais-je devenue en la recevant, si
j'eusse prononcé mon vœu?.... Quel
coup de poignard pour mon âme!
Voyez comme il m'aime; voyez
comme il me croit fidelle. Hélas!
s'il savait que je suis entrée au couvent d'Acrotiri, que penserait-il?

que dirait-il lui qui me croit toute
à son cœur ; lui qui ne paraît pas
même douter que je puisse avoir la
force d'attendre des années entières ;
lui qui, sans paraître me faire de
sermens , me fait peut-être les plus
grands que l'amour puisse faire ;
lui, enfin, qui réclame encore les
miens sans avoir l'air de le demander, tant il craint de m'offenser en
paraissant en douter. Oh ! le moment de la mort m'aurait-il été plus
cruel ?.... — Si vous l'eussiez fait,
mon enfant, lui dis-je, vous ne
manqueriez pas de trouver de choses
qui parleraient en votre faveur : vous
auriez même eu, pour votre excuse,
bien des raisons. Sans paraître lui
devenir infidelle, vous auriez pu
lui démontrer au contraire que c'é-
tait un témoignage de votre grand
amour; mais enfin n'allons pas nous
étendre sur un point auquel il ne
faut plus penser, puisque vous allez

**

quitter le couvent. Votre retour à
l'habitation est fixé pour la fin de
cette semaine : vous devez cette dé-
cision à votre supérieure, qui m'a
écrit une lettre samedi dernier. En
relevant vos qualités, cette sainte
femme nous apprend l'état de votre
âme, et finit par faire entrevoir que
Dieu, ne demandant point que
toutes les femmes lui fussent consa-
crées, toutes n'avaient pas reçu de lui
les forces suffisantes pour pouvoir le
servir : elle ajoute aussi qu'elle vous
croit bien plus propre au mariage
et destinée à faire la félicité d'un
homme.

« Cette lettre, la vôtre et tout ce
que j'ai dit de plus ont produit un
tel effet sur le cœur de votre père,
qu'enfin, il se résoud d'écrire quelques lettres à ses anciens amis de la
Cannée, pensant que ceux-ci voudront bien s'intéresser pour nos pri-

sonniers auprés du pacha. Pour moi,
je vais encore essayer de tenter tous
les moyens : je suis grand ami du
consul de France, qui vient d'arriver en cette ville ; et comme il est
en crédit auprés du pacha, je le
prierai de vouloir bien s'intéresser
pour nous.

J'avais fait la connaissance de ce
consul dans mon séjour au grand
Caire : c'était un homme gai, loyal,
et tout-à-fait propre au commerce
de la bonne société.

Après cette conversation, Zéir et
moi quittâmes ce lieu pour aller un
peu causer avec la supérieure du couvent. Cette bonne religieuse avait
déjà passé l'âge sexagénaire. Malgré tout cependant, son visage était
encore frais. Ses grands yeux noirs
n'avaient semblé rien perdre de leur
vivacité. Le doux souris se peignait
sur sa bouche encore vermeille ; en

un mot, sa figure, sans avoir rien
de brusque et de repoussant, comme
il est assez ordinaire aux gens vieux,
qui sont retirés du monde, avait je
ne sais quelle amabilité dans tous
ses traits, qui semblait la rajeunir
et faire desirer ardemment de lui
parler. Sa manière de converser,
la grâce qu'elle mettait dans tous
ses discours, ne détrompait pas non
plus l'annonce de son visage. Enfin
je peux bien vous assurer que c'é-
tait une religieuse comme jamais je
n'en avais vu de cet âge. Après être
demeuré près d'une heure avec elle
et Zéir, je les quittai bientôt en la
lui recommandant.

Dès que je fus sorti du monastère, je voulus retourner vers les lieux
où j'avais trouvé cette dernière,
pensant bien que j'y verrais quelque
marque de son amour.

En effet, mes amis, c'est avoué
de l'expérience : un cœur sensible,

aimant, que la passion dévore, s'il ne sait à qui communiquer le feu dont il brûle, ne manquera jamais d'en faire confident, ou les échos ou les lieux solitaires qu'il voit.

Je ne me trompai pas. Dès que je fus arrivé sur le rocher que nous venions de quitter, je vis gravé çà et là certains chiffres; mais les lettres étaient si bien entrelacées les unes dans les autres qu'il fallait réellement connaître celle qui les avait mises pour pouvoir les distinguer; on en voyait même sur l'écorce de plusieurs arbres. Malgré la grande tristesse que ces lieux semblaient répandre dans l'âme par leur profonde solitude, elle si complaisait cependant. Ces masses de roches escarpées les unes sur les autres, et dont plusieurs paraissaient au-dessus de votre tête et sous vos pieds comme suspendues dans les airs; ce vaste précipice que l'œil apper-

cevait à côté, dont les bords étaient
tout couverts, ici de ronces qui s'en-
trelaçaient les unes dans les autres;
là d'un gazon frais toujours fleuri;
plus loin, de mille petits arbris-
seaux et de mille fleurs de toute espèce; à quelque distance de nous,
ajoutez encore un torrent toujours
bouillonnant d'écume, et descen-
dant avec fracas de rochers en rochers jusque dans ses plus grandes
profondeurs; tout cela, dis-je, en
attristant l'âme, plaisait cependant
beaucoup à la vue.

En sentant combien ces lieux
étaient nuisibles à la situation de
Zéir, je les quittai pourtant afin de
me rendre près de son père.

Cet homme si respectacle avait
déjà fait trois lettres pour que je
les portasse à la Cannée, en m'en
retournant; elles étaient adressées
aux plus intimes amis qu'il avait
eus jadis, et qui pouvaient encore

le plus en faveur de nos prisonniers.

Comme Agélas en ce moment
était obligé de rester au lit, à cause
d'une chûte qu'il avait faite, je restai
près de mon ami pendant trois jours
entiers.

Il paraît que Zéir m'avait écrit
un billet la veille de mon arrivée,
car j'en trouvai un chez moi; voici
comme il était dicté :

MONSIEUR L'ABBÉ,

» Je ne veux point renouveler la
promesse que vous me fites de vous
intéresser pour moi sur tout ce qui
pourrait m'être utile et me complaire; l'occasion se présente encore pour que nous tentions un dernier effort; ainsi venez, je vous prie,
me parler au plutôt.

» Comme votre costume à la française pourrait vous servir en cette
occasion, veuillez aussi le prendre.

Ce 15 de la lune.

ZÉIR.

» Ce billet m'occupa beaucoup , et
pour cette fois je ne pus jamais penser quel pouvait être le dessein de
notre amante.

» Le lendemain matin , me
levant avec l'aurore , je me rendis donc au couvent. Après être
allé salué la bonne supérieure, je
fus me promener avec Zéir, sur
les rochers; nous marchâmes pendant plus de quinze minutes sans
nous adresser la parole; enfin nous
étant assis dans- le même lieu où
elle me lut la dernière lettre de son
amant, elle me dit :

« Deux mois se sont écoulés depuis notre tentative auprès du pacha
de la Cannée; vous savez que sans
son malheureux intendant, nous
nous rendions maîtres de son cœur,
et peut être aurions-nous obtenu la
liberté de nos prisonniers. Je ne dé-
sespère pourtant pas encore. La
providence de Dieu est si grande;
sa bonté si infinie; sa miséricorde

si reconnue, que je ne doute pas
qu'il daigne un jour mettre un terme
à nos maux.

» Ce jour, M. l'abbé! je le crois
proche, et pense le voir venir bientôt, si vous voulez me seconder. Le
pacha de Candie a pouvoir absolu
sur notre île ; il jouit de la princi-
pale puissance, et sans doute dispose du sort des prisonniers qui sont
dans ses murs. Or, on le fait un
tendre vieillard très-respectable, et
dont le cœur est humain et com-
pâtissant..... Si nous allions le trouver, et lui montrer la même confiance que nous eûmes pour le pacha
de la Cannée?.... Peut-être n'aura-
t-il pas un confident indigne de lui ;
peut-être serons-nous plus heureux
cette fois-ci......

» O le plus tendre ami de mon
père! Je sens qu'il faut que j'exé-
cute cette nouvelle tentative. Je
sens que mon cœur ne sera pas tran-

quille, que je ne me sois misè en
chemin pour cet effet. Or, vous
savez le peu de temps que nous
avons....., C'est notre dernière ressource... Dans cinq jours nous n'au-
rons plus le plaisir de pouvoir le
faire. Il est vrai, Candie est éloignée
de nous. Il nous faudra sans doute
plusieurs jours pour aller et venir;
mais qu'importe de la peine lorsque nous sommes sûrs de l'effet de
notre tentative : en la faisant nous
avons lieu de quelque espoir; les
lettres de mon père ne laisseront
pas d'agir la même chose;.... Que
tardons-nous, mon ami? Ne sera-ce
pas une nouvelle preuve pour montrer la grande estime que nous avons
de nos prisonniers?.... Et dites-le
moi, l'amour, mes respects pour les
vœux de ma mére, tout cela ne m'en
fait-il pas un devoir?

   » Lorsque quelque chose doit
nous survenir, mes bons amis, et

que l'âme en est fortement affectée,
il est certain état de nous-mêmes
où nous pouvons nous laisser aller
à l'impulsion de la nature ».

» Séduit par les raisons de Zéir,
je lui promis de faire à sa volonté,
et ne pensai plus dès ce moment
qu'à exécuter notre départ.

» Comme il se trouvait au couvent deux ou trois vieilles femmes
de service, j'en envoyai une porter un petit billet à Effendy, dans
lequel je lui mandai que je ne le
verrais pas de deux ou trois jours;
qu'ainsi il ne devait pas se chagriner. La supérieure du couvent
permit à Zéir de prendre celle qui
lui paraissait la plus attachée pour
la suivre dans notre voyage. Les
choses étant ainsi rangées, nous
partîmes vers les midi.

» Pendant tout le chemin, nous ne
fûmes occupés, Zéir et moi, qu'à
chercher les moyens les plus propres

à exécuter cette nouvelle tentative.
Comme notre imagination aime à
tourmenter nos sens avant de les déterminer à quelque chose de stable!
Que de pensées! que de manières
diverses de nous y prendre reconnues
bientôt pour inutiles, ne vînrent
pas s'offrir à nos esprits! Comme je
connus alors la petitesse de notre
être, et son peu de jugement!

» Notre meilleur parti fut de nous
laisser conduire par la Providence.
Combien elle est admirable cette
providence d'un Dieu bon! elle s'occupe, elle veille sur nous sans cesse;
et, malheureux que nous sommes,
nous la méconnaissons presque toujours! Que de moyens, que de res-
sorts inconnus n'a-t-elle pas pour
nous conduire aux fins qu'elle se
propose! Cela n'empêche pas que
toujours ingrats, nous passons notre
vie, le plus souvent, à murmurer
contre elle!

» Le principal trait de cette histoire
pourra bien servir de preuve à ce
que j'avance ici.

» Cependant, déjà nous approchions
de Candie ; déjà nous avions passé
Rétimo , que nous laissâmes à notre
gauche , et toute la chaîne de montagnes qu'on voyait s'élever d'un
côté opposé.

» Enfin , le troisième jour de notre
départ , nous arrivâmes aux portes
de cette capitale de l'île. Pensez si
nous devions être fatigués. La grande
quantité de sable que nous avions
rencontré pendant toute notre route;
les fréquentes hauteurs des rochers
qu'il nous avait fallu escarper et descendre ; le peu d'habitude qu'avait
Zéir de faire une aussi longue
marche; tout cela , dis-je , nous avait
tellement accablé , non-seulement le
corps , mais même l'esprit , que le
premier jour nous fûmes contraints
de demeurer en repos.

» Comme dans mon séjour à Candie
j'avais occupé un appartement chez
l'archevêque de cette ville, je fus
rendre visite à mon cher hôte, qui
ne voulut pas souffrir que nous sor-
tissions de chez lui: nous y trouvâmes
donc tous trois, Zéir, la bonne
femme qui lui servait de compagne
et moi, le logement et la nourriture.

» Lorsque le respectable Prélat fut
instruit de tout ce qui regardait la
fille d'Effendy, il loua mon zèle,
approuva même mon déguisement,
et fut vivement frappé de la cruelle
position où se trouvait notre amante;
il chercha lui-même à l'encourager,
et nous donna tous les indices propres
à bien exécuter notre projet.

» Il nous apprit que le lendemain
de notre arrivée, le conseil du Pacha
devait s'assembler vers les onze
heures du matin, et nous conseilla
de nous y présenter tous trois pendant qu'il délibérerait, donnant à

Zéir le soin d'en exposer elle-même les raisons.

» Pour cela faire, il commanda que deux de ses domestiques nous y conduisissent.

» Après avoir traversé plusieurs salles, et obtenu des gardes de nous laisser passer, avec beaucoup de peine, nous arrivâmes dans une autre voisine de celle où se tenait le conseil ; alors nous nous fîmes annoncer par plusieurs officiers, et nous obtînmes enfin la permission d'entrer.

» Au premier pas que je fis dans cette salle, je sentis un battement de cœur assez vif, pas de crainte, je n'en avais point ; mais plutôt de joie et d'espérance. La vue et l'éclat des vêtemens de tous ceux qui composaient le conseil, ne produisit aucune surprise sur Zéir : le Pacha s'y voyait au centre, il était monté sur une espèce de trône très-élevé au milieu de la salle ; sa physionomie

était grande et noble ; une longue
barbe blanche lui tombait jusque sur
la poitrine : quoique très-âgé, son
œil était encore vif et plein de feu,
son visage frais et vermeil, son front
assez arrondi paraissait seulement
un peu trop ridé ; il semblait aussi
n'avoir presque plus de cheveux ;
du reste, il était grand, bien fait,
et laissait voir un port magnifique.
Il n'avait rien de dur non plus dans
ses traits, et l'étincelle de ses yeux
laissait appercevoir une certaine
aménité qui peignait bien son caractère, et donnait de la confiance.

» Le *Kyaia*, par lequel passent ordinairement toutes les affaires et
grâces, était à son côté droit ; un ja-
nissaire qu'on nomme *Aga*, colonel
général des troupes, chargé du soin
de la police, était à sa gauche ; à côté
de ces deux derniers, venaient les
gens de loi, comme le *Muphti*, chef
suprême de la religion, et le *Cadi*.

Ensuite, je voyais les deux *Topigi-Bachi*, ou commandant de l'artille-rie; un *Defterdos*, trésorier des droits impériaux, et tous les premiers officiers de l'armée.

» J'avoue cependant que ce conseil était imposant et semblait devoir intimider une femme qui n'a pas encore atteint sa dix-neuvième année.

» Mais que ne peut le véritable amour ? Quelles forces ne nous donne-t il point? Par lui tout s'anime, tout s'encourage ; et dans le plus fort des douleurs il nous fait encore espérer. Zéir va nous en donner la preuve ».

« Après avoir exposé, d'un ton simple et clair, toutes les raisons qui l'avaient forcée de venir se présenter au conseil du Pacha, voyant qu'il ne paraissait pas touché de son sort, et tardait beaucoup à délibérer, elle prit le ton un peu plus accéléré, et cherchant à l'attendrir, elle continua ainsi :

« Pacha, il ne faut donc rien te cacher, puisque jusqu'ici rien n'a pu t'émouvoir ! Ah ! Homme qui ne parais cependant pas méchant ! Homme dont les traits inspirent de la confiance, et démontrent une âme sensible ! Pourrais-tu résister un seul instant si tu connaissais et les maux qui m'accablent et les chagrins qui me dévorent ! O non, ton cœur me paraît trop généreux. Pour l'amour du Dieu qui nous éclaire, écoute, ô Pacha !.... Puisqu'il faut enfin te le dire, puisque je ne peux te réclamer avec droit ces deux Grecs dont je t'ai parlé, apprends que l'un est mon amant, et l'autre son père. L'on peut parler hautement de son amant lorsqu'il est pur et chaste, et qu'il n'a jamais outragé la vertu.

» A l'époque où les deux malheureux, mais illustres prisonniers, fu-

rent conduits à la Cannée par les
officiers, je devais me marier avec
le fils. Juge quel coup de foudre
pour moi, pour mon père, pour ma
mère, et pour celle du jeune homme,
lorsque nous apprîmes la perte de
nos amis! La mère du jeune homme
ainsi que la mienne ne pouvant supporter le poids de ce coup, en mou-
rurent toutes deux de chagrin. Je
serais morte, sans doute; voici bien
du temps que la même tombe nous
aurait enfermées toutes les trois, si
le ciel ne m'eût fait un devoir de
vivre sous un père défaillant, et dont
la fille pouvait seule être l'unique
consolation. O respectable Pacha!
toi que tes années rapprochent tant
de mon père, toi qui sens toute la
nécessité des consolations et des besoins de la vieillesse, toi qui sais
sans doute ce que c'est que l'amour
paternel: si le ciel t'a donné des re-

jettons dignes du sang dont ils sortent,
peux-tu, peux-tu voir sans frémir
l'état présent du plus tendre des
pères ? Si tu étais à sa place ; si,
comme lui, pour soutien de ta vieillesse, tu n'avais qu'une fille chérie,
et que tu la visses à tout moment sur
le point de t'être ravie par les maux
dont elle est accablée, quel serait
ton sort ? Que deviendrais-tu ? Ne
maudirais-tu pas mille fois et l'être
qui t'aurait donné le jour, et celui
qui t'aurait créé dans son sein ?

» Mais, si cette raison ne peut te
toucher, si tu as aimé, si tu as du
moins connu le véritable amour et
toute sa puissance, si ton cœur s'é-
panche quelquefois dans le sein
d'une épouse chérie! comment peux-
tu soutenir mes larmes ? comment
peux-tu penser à ma douleur sans
commisération ? comment peux-tu
voir et sentir les chagrins qui me

déchirent et me dévorent intérieurement ? Ah ! tu ne dis rien, et cependant tu parais être attendri : sois
donc sensible. Au nom de l'humanité ! au nom du plus chaste amour !
au nom du père le plus infortuné !
rends-moi, rends-moi ces illustres
prisonniers, ou fais-moi mourir à tes
pieds ; venge l'offense que tu fais à
l'amour en trempant ton épée dans
mon sang. »

Ici Zéir s'évanouit dans mes bras ;
le voile qui lui cachait le visage se
détache de dessus son front ; les
pleurs dont ses joues étaient baignées,
le grand affaiblissement de son corps,
cette beauté si douce et si parfaite
qu'on apperçoit dans chacun de ses
traits, la force de son discours, sa
voix défaillante et cependant si per-
suasive, avaient tellement attendri
les cœurs, que, pour la première fois
de ma vie, je vis les larmes de plus

de cent personnes couler au même instant. Non-seulement, je fus contraint d'en verser, ainsi que les domestiques du bon archevêque, mais je m'apperçus que tous les officiers, les généraux, le Muphti, le Cadi, le Janissaire-Aga, le Kyaïa, le Pacha même, tous en avaient les yeux humectés.

« Cependant, dès que Zéir eut tombé dans mes bras, dès que son voile eût échappé de son front pour laisser voir les traits de son visage à découvert, quel autre tableau !..... Il était temps que Dieu fît éclater toutes ses bontés; il était temps que Dieu fît voir la vérité de cette grande maxime : *qu'un bienfait ne peut demeurer sans récompense.*

« A l'instant, dis je, le Kyaïa, que je n'avais jusqu'ici reconnu que par son riche costume, comme sans doute le mien l'empêcha de me remettre à

moi-même , croyant alors reconnaître la fille d'Effendy pour celle
dont il tenait le reste de ses jours ,
sauta de dessus le siége qu'il occupait près du Pacha, tomba aux pieds
de Zéir , en lui couvrant les mains
de baisers et de larmes , et prononça
ces mots à haute voix :

« Fille à jamais honorée et respectée par tous ceux qui te connaîtront véritablement ! ô toi si digne
d'être heureuse , et qui parais cependant l'avoir été si peu ! ô douce
et vertueuse Zéir ! toi de qui je tiens
les jours présens de mon existence !
toi, que je me reproche de n'avoir
pas plutôt reconnue ! regarde, vois
à tes pieds celui à qui tu sauvas la
vie , toi, ta mère et ce futur époux
qui t'était destiné , et que sans doute
tu viens ici réclamer avec tant de
droit! Console-toi, modèle de toutes
les femmes! il est temps que tes maux
finissent ; il est temps que tu con-

naisses son âme, son cœur, et que
tu le voies n'être pas tout-à-fait indigne des soins que ta main bienfaisante lui porta ».

« Ici, voyant Zéir jetter quelques regards sur lui comme pour lui mar-
quer sa reconnaissance, se tournant
vers le Pacha, voici les paroles qu'il
fit entendre à tout le conseil:

« Généreux vieillard, dit-il au
Pacha, toi qui goûtas tant de plaisir
au récit des principaux faits de l'histoire de ma vie ! toi qui versas des
larmes à celui où, des voleurs m'ayant
arrêté dans la plaine de la Culate,
au bout de trois jours de la plus
grande souffrance, j'allais mourir de
misère et de faim, si ce n'eût été le
soin que me rendit cette famille vertueuse dont je t'ai tant de fois parlé!
vois, reconnais cette jeune fille qui,
la première, porta la main sur ma
plaie auprès de la fontaine!... et qui,
de concert avec celui qu'elle vient

réclamer, me porta sur un brancard
de branches de platanes. Oui, c'est
elle, je n'en doute point... je la reconnais! Prononce, généreux Pacha, dis
promptement ta volonté.... Pourrais-
tu ne pas t'attendrir à la vue d'un
objet si respectable par sa vertu,
et si recommandable par les malheurs dont elle vient de nous faire
confidence? Voici le moment de
faire connaître ta grande âme! voici
le moment de signaler ta clémence
et ta générosité !........ Prononce
donc, ô Pacha ! prononce; et ton
jugement, joint aux derniers jours
qu'elle m'a conservés, détermine la
conduite que je dois tenir.... »

« Venez, mon enfant, dit le
Pacha, tendant la main à Zéir ; je
ne suis point de ces cœurs barbares,
sans pitié, dont les sentimens féroces
voient gémir la vertu sans la soulager: votre grâce vous est accordée.
Faites connaître aux ennemis des

**

Turcs que leur cœur n'est point insensible , et qu'ils sont hommes
comme les autres. Je plains les malheurs qui vous ont accablée depuis
longtemps ; je plains surtout la perte
de votre mère , dont sans doute étant
l'ouvrage , elle devait plus vivre pour
servir de modèle aux autres femmes.

» Cependant n'allez point attrister
votre âme par un si fâcheux souvenir; le ciel exauce vos vœux ;
consolez-vous des maux passés par
votre bonheur présent. Allez, fille
estimable, allez trouver votre père,
et lui prouver, par vos soins , toute
la félicité dont il doit être digne ;
allez en paix...... et je veux qu'en
arrivant chez vous, vous y retrou-
viez votre amant et son père ».

A l'instant toute la salle retentit
d'applaudissement. Chacun témoi-
gne par son air, par son geste et par
ses pleurs même , combien il ap-
prouve la conduite du Pacha.

« On blâme beaucoup la barbarie des Turcs, mes amis, mais je doute s'il ne serait pas possible de porter un jour chez eux les arts et la politesse qui règnent en France.

« Le Turc, si reconnaissant et de qui Zéir allait tenir maintenant toute sa félicité, ne m'avait pas encore remis; cependant il ne tarda pas à le faire. Lorsque les pleurs eurent cessé, et que le calme de mon amie lui permit de pouvoir me regarder avec moins de trouble; alors il me sauta au col; nous nous embrassâmes étroitement, et cette scène ne rendit celle de Zéir que plus attendrissante.

« Ce bon Kyaïa qui, paraissait plein de joie d'avoir pu trouver un si doux sujet de reconnaissance, voulait absolument que nous pussions dîner chez lui. Comme nous cherchions à nous en défendre par l'obligation que nous alléguâmes avoir contractée avec l'archevêque, de retourner à

son palais dès notre sortie du conseil :
« Eh bien, nous dit-il, j'irai toujours
» vous accompagner, et je ne quitte-
» rai pas votre habitation que je n'aie
» embrassé Sémil, et vu célébrer
» son mariage. »

Il ne manqua pas à sa parole. Le
lendemain matin qui se trouvait précisément le jour où nous devions,
remerciant le bon archevêque de
Candie, nous remettre en chemin
pour nous en retourner : nous le trouvâmes à la porte avec deux de ses
esclaves; ils étaient tous trois magni-
fiquement montés. Zéir eut le plus
beau cheval, moi j'eus l'autre, et le
Turc prit soin de mettre derrière lui
la bonne femme qui nous avait suivis;
pour les deux esclaves, il les obligea
de s'en retourner, leur assignant le
jour où ils devaient venir le re-
joindre.

Le Pacha fut fidèle à sa promesse.
Six heures après notre arrivée à la

chaumière, nous y vîmes venir Sémil
et son père, conduits par deux officiers.

Pensez avec quelle ivresse l'on se
vit ! que d'embrassemens de part et
d'autre ! que de transports de joie et
de plaisir ! quel charme ! quel délire !
quel moment pour Sémil, pour Zéir,
pour nos deux pères, pour Agélas et
pour moi ! Ah ! oui, c'est vainement
que j'essayerais de vous le peindre ;
tout me manquerait, et les mots pour
le bien dire, et les expressions propres
à le bien rendre !.... Mais tout-à-coup
quelle tristesse ! quel silence ne régna
pas, lorsque nos prisonniers surent
la perte de nos deux amies ! Sémil
surtout ne pouvait s'en consoler.

« Comme le jour où Zéir devait
sortir du couvent était fixé au second
de notre départ pour Candie, la
supérieure ne devait donc plus nous
attendre ; seulement nous donnâmes
un billet à cette femme qui nous

avait suivis, par lequel nous lui faisions savoir la générosité du Pacha :
cependant le temps où je devais
partir était arrivé. Déjà le capitaine
de la Cannée, qui devait me prendre,
n'attendait que moi pour son départ ;
ce qui fit un peu presser le mariage
de mes jeunes amis. Enfin cet heureux
moment arriva quinze jours après
notre retour de Candie. Les trois
jeunes filles dont nous avons parlé ,
et qui devaient se marier avec Zéir ,
avant tous ses malheurs, se mariérent
en effet avec elle ; car elles n'avaient
jamais voulu le faire sans savoir à
quoi toutes ses peines la détermine-
raient. Le Turc, les gens qui suivirent
le convoi de nos deux amies , la supérieure d'Acrotiri et ses compagnes ,
tout cela se rendit au mariage de
nos jeunes époux; et si jamais un
couple reçut des souhaits de félicité, je peux bien dire que ce fût
celui-là.

« Le lendemain de leur mariage je les quittai ; nous nous embrassâmes en nous serrant étroitement , et les pleurs que nous versions furent les adieux que nous nous fîmes.

« Voilà, mes bons amis, toute l'histoire de mes vraies jouissances ; elles commencèrent dès que je connus la chaumière, et malgré les peines dont elles avaient été mêlées, elles me fuirent dès le moment où je la quittai. Non, jamais je ne trouvai de jouissances plus grandes que dans le sein de cette famille : en la perdant je perdis le bonheur ! Nulle part je ne rencontrai plus d'amis tels qu'eux... Errant toujours de mers en mers et de contrées en contrées, je ne vis partout, depuis cette époque, que l'injustice des hommes ; que des ambitieux méconnaissant leur misère, et sans cesse tourmentés par la soif des richesses et d'une injuste gloire ; que des égoïstes ne secourant les

malheureux qu'après une longue dé-
libération , et sacrifiant des états d'or
pour contenter leurs bizarres fan-
taisies , et satisfaire leurs desirs im-
purs. En un mot, je ne vis presque
partout que la vertu souffrante ; le
crime en faveur, et partageant avec
insolence toutes les dignités : celui
qui-devait être élevé rampant dans
la poussière , et le mercénaire qui
méritait à peine de vivre , jouissant
des plus grandes considérations, et
trouvant tous les honneurs et tous
les plaisirs sous ses pas.

» Oh ! si vous vivez longtemps, mes
amis ; si jamais vous donnant à une
douce compagne vous en avez des
rejetons dignes de vous , n'oubliez
pas cette histoire. Dès qu'ils seront
en âge de puberté, racontez-la leur
souvent ; qu'ils apprennent, par la
conduite de Sémil et de Zéir, à savoir
se conduire pendant leurs amours ,
et dans celle d'Hassen-Effendy et

sa femme , comment vivre étant unis ».

Ici, Madame, le bon abbé de C..., attendri sans doute par la perte qu'il avait faite de ses anciens amis, laissa tomber encore quelques larmes ; bientôt après nous fûmes obligés de quitter ces lieux qui lui rappelaient trop les objets de ses premiers plaisirs.

Voilà, Madame, où finit cette histoire que vous avez paru tant desirer : puisse - t - elle vous faire goûter le même plaisir qu'elle fit éprouver à M. Jules et à moi! Puissent ces lettres, en vous dérobant quelques instans de loisir, prendre même un peu sur vos occupations les plus sérieuses!

En attendant, Madame, que le temps me permette de vous aller voir, recevez mes hommages respectueux.

J. J. Aris. DEMONVEL.

P. S. Comme vous seriez peut-être bien aise, Madame, de savoir la suite de cette histoire, je vais vous dire en peu de mots ce que le père de C.... nous en apprit de plus.

Trente ans après être sorti de l'île, il nous dit avoir fait la rencontre, dans son voyage de l'Amérique, d'un capitaine de la Cannée, qui lui en donna des nouvelles. D'après les rapports de ce capitaine, il paraîtrait que Sémil et Zéir eurent deux enfans; qu'ils jouirent assez longtemps, avec Hassen-Effendy, de toute la félicité d'un heureux hyménée. Cependant il fixe la mort du père de Zéir environ quinze ans après le départ du père de C.... : du reste, assurant combien cette famille fut toujours vénérée de tous ceux qui la connûrent, il ne parut pas savoir si elle existait encore.

Voilà, Madame, tout ce qu'il put

en apprendre depuis soixante-dix ans qu'il survécut à son absence de l'île : c'est donc aussi tout ce que je peux vous en dire.

FIN.

www.ingramcontent.com/pod-product-compliance
Lightning Source LLC
Chambersburg PA
CBHW071818020726
47502CB00004B/1154